U0106158

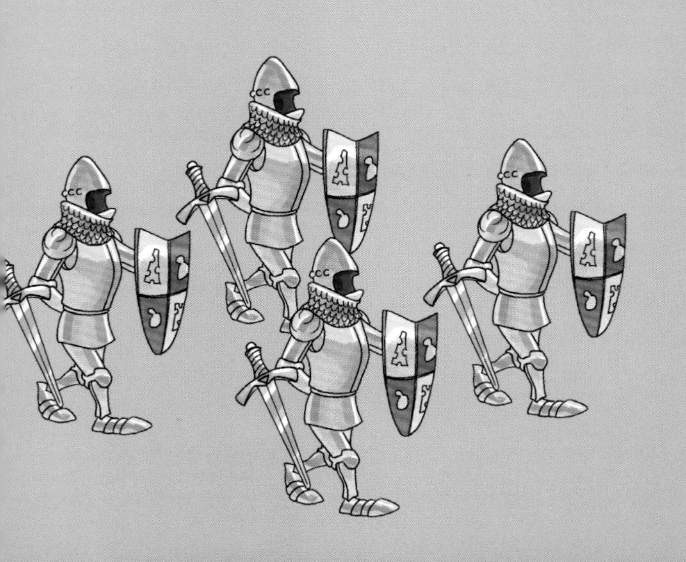

老鼠記者 Geronimo Stilton

穿越時空鼠2

阿瑟王傳說之謎

作　　者：Geronimo Stilton　謝利連摩・史提頓
譯　　者：董斌
責任編輯：胡頌茵
中文版封面設計：蔡學彰
中文版內文設計：羅益珠　劉蔚
出　　版：新雅文化事業有限公司
香港英皇道499號北角工業大廈18樓
電話：（852）2138 7998
傳真：（852）2597 4003
網址：http://www.sunya.com.hk
電郵：marketing@sunya.com.hk
發　　行：香港聯合書刊物流有限公司
香港新界大埔汀麗路36號中華商務印刷大廈3字樓
電話：（852）2150 2100　傳真：（852）2407 3062
電郵：info@suplogistics.com.hk
印　　刷：C & C Offset Printing Co., Ltd.
香港新界大埔汀麗路36號
版　　次：二〇一九年十月初版

www.geronimostilton.com
Based on an original idea by Elisabetta Dami
Original Title:VIAGGIO NEL TEMPO
IL CASTELLO DI RE ARTÙ,UNA GARA IN ONORE DELL'IMPERATORE
Cover Design: Zampediverse Srl, adapted by Sun Ya Publications (HK) Ltd.
Illustrations by Blasco Pisapia, Roberto Ronchi, Valeria Turati, from an idea by Lorenzo Chiavini; Silvia Bigolin, Danilo Barozzi, Valeria Brambilla, Giuseppe Guindani (sketches), Christian Aliprandi (colours); Giorgio Campioni, Daria Cerchi, Sergio Favret, Giuseppe Ferrario, Umberta Pezzoli, Sabrina Stefanini
Graphic project: Merenguita Gingermouse, Zeppola Zap, Yuko Egusa and Sara Baruffaldi
Graphic Collaboration: Chiara Cebraro

ISBN: 978-962-08-7374-4

18/F, North Point Industrial Building, 499 King's Road, Hong Kong
Published and printed in Hong Kong

〈人物介紹〉

在本書裏，我將向你們講述我畢生難忘的穿越時空冒險之旅。現在，讓我來介紹一下我的小伙伴們吧！

菲・史提頓

菲，我的妹妹，她活潑好動，有着用不完的精力。她是我經營的《鼠民公報》的特約記者。

班哲文・史提頓

班哲文，我的姪子。他溫柔體貼，聰明伶俐，惹人喜愛，是世上最可愛的小老鼠！

賴皮・史提頓

賴皮的性格真是讓人無法忍受！他總愛開我玩笑，並且樂在其中。不過，看在他是我表弟的分上，我還是很愛他的！

伏特教授

伏特教授是一位天才發明家，他總是在進行各種古怪的科學實驗。這次旅行中乘搭的時光機，就是他的傑作！

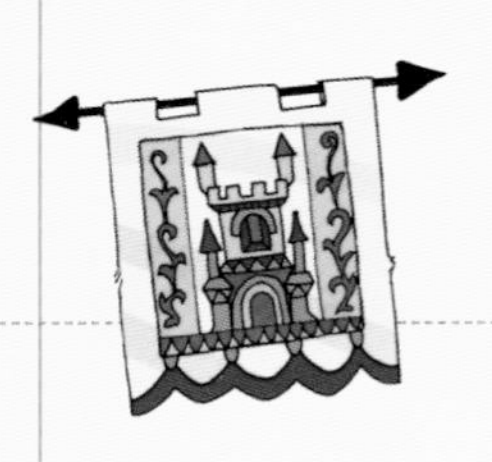

目錄

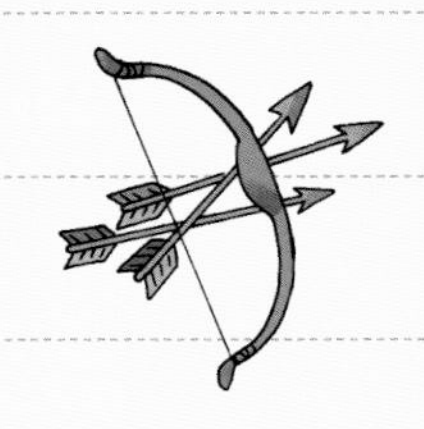

地平線上的城堡

伏特教授在「**妙鼠穿梭號**」的時光儀輸入了時間和目的地：卡美洛，亞瑟王加冕典禮。

轉眼間，時光機着陸後，伏特教授小心翼翼地打開了舷窗。「**卡美洛城堡**應該就在附近……看，就在那兒！」

我們逐一從時光機裏鑽出來，然後欣賞着這座巨大而雄偉的**城堡**，城堡上有一面旗子飄揚着。伏

特教授為我們準備了一些中世紀時代的衣服。只見他拿出了一些**微型**衣服，並利用神秘的藥水把它們瞬間恢復成正常的大小。

教授給我和菲、賴皮和班哲文分別發了不同的服裝。我穿上了白襯衫、橙色上衣和綠色背心；下身穿了一條緊身條紋褲和一雙尖頭鞋。最後，戴上一頂插着紅羽毛的綠色帽子和背上一個皮革小袋子。

我們換好衣服後，伏特教授露出神秘的微笑，他抓起一個皮革袋子搖晃，叮叮作響。

「我給你們每隻鼠三枚**銅幣**、一枚**銀幣**和一枚**金幣**。一枚銅幣能買到一頓大餐，一枚銀幣能買到一把寶劍，而一枚金幣能買到一匹**馬**。你們一定要好好珍惜使用呀！」

我把硬幣裝進皮革袋子裏，好好收藏起來。

我們把「**妙鼠穿梭號**」藏在長滿青苔的**大石頭**後面，然後朝着山丘上的城堡走去。

在路上，伏特教授對我們解釋道：「『中世紀』是指公元5世紀至15世紀歐洲歷史上的一個時期，大概是西羅馬帝國滅亡至人類發現新大陸的時期。**中世紀時期**劃分了**前期**（公元1000年前的部分），**中期**及**後期**（公元1000年後的部分）。歐洲中世紀時期形成的社會、經濟、政治體制被稱作**封建制度**。

「我們現在來到的是不列顛的卡美洛，傳説中有關亞瑟王和圓桌騎士的故事就是在這裏發生的。大家打起精神來，冒險之旅才剛剛開始！」

不列顛地圖

公元5世紀……還是公元12世紀？
雖然亞瑟王的傳奇故事可以追溯到公元5世紀，但是有關阿瑟王的英勇事跡傳說直到公元12後期才出現在詩歌當中。詩人們將自己所處時代的歷史環境、風俗習慣融入到詩歌作品裏……
不列顛：英格蘭的舊稱。公元5世紀，已經擺脫了古羅馬統治的不列顛遭到撒克遜人的入侵，相傳亞瑟王帶領人民與入侵者進行了長期的鬥爭。
不列顛
卡利恩
阿瓦隆
廷塔哲
巨石陣
卡美洛
小不列顛
柏切利安森林

阿瓦隆：是亞瑟王傳說中的重要島嶼。

卡美洛：亞瑟王傳說中的王國，一座堅不可摧的城堡。

卡利恩：現今威爾斯阿斯克河上修建的城市，亞瑟王傳說圓桌騎士源於此地。

廷塔哲：傳說亞瑟王在這座城堡裏出生。

柏切利安森林：魔法師梅林的墳墓就在這裏。

巨石陣：以巨大的石頭圍成的圓形石林，現已被列為世界文化遺產。巨石陣建造於公元前3000年至公元前1500之間，考古學家估計這是古代民族觀測天文的神廟，也有可能是用來記錄太陽運行的位置。

獨眼鼠壓低了聲音說：「你們說話要小心點，碩鼠家族鼠多羅爵士，也就是蝨子跳彈鼠，他的脾氣很壞，很多外來客都被他……**咔嚓了！**」

中世紀時期
城堡的設計
城堡內建設封閉，窗户通常很小，上面沒有玻璃。當時沒有自來水或排水系統。冬天時，城堡內非常冷，人們為了保暖，會在睡牀設置簾帳。

聽罷，我頓時感到十分擔心。

「他的兒子，也就是他的繼承人——鼠拉吉奧爵士，脾氣也壞得很，他也喜歡……**咔嚓！咔嚓！**」獨眼鼠說。

賴皮卻一臉自信地說：「不用擔心。我一定會讓他們笑得開懷。我為他表演精彩的笑話，保證讓他棒腹大笑！來吧，你們聽聽這個笑話：*綠豆長腳會變成什麼呢？那就是綠豆糕！（綠豆高）*

「哈哈哈哈哈哈哈哈哈哈哈哈哈哈

咕吱吱，我可笑不出來啊！

1
2
3
4
5
6
7
8
9
10
11
12
13
14

一隻騎士鼠在路上遇見了朋友並對他說道：「哎呦，鼠布齊奧，我都認不出你了！你之前毛髮茂盛，現在稀稀疏疏；你之前鬍子深黑，現在鬍子金黃；你之前一身肥肉，現在體形苗條……」

對方回答道：「呃，我不是鼠布齊奧。」

「鼠布齊奧，你不光變了模樣，還改了名字！！！」

我的摯愛

一隻騎士鼠給他的愛人寫信：「我心愛的小姐，我多麼渴望再見你一面啊！我願意穿過一千座魔法森林，對抗一千隻敵鼠，殺死一千隻兇猛的龍……」

他的愛人回覆道：「真是這樣的話，那你現在就過來找我吧！」

騎士鼠回信問：「現在嗎？現在外面可下着雨呢！」

一隻騎士鼠對他的朋友說道：「哎，我妻子明天過生日，可我還沒想好送她什麼禮物。」

他的朋友回答道：「送她一條絲綢手帕吧！」

他說道：「呃，可我不知道她鼻子的尺碼呀……」

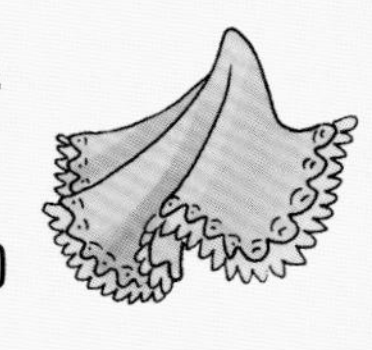

餡餅大戰

賴皮表演完畢，伏特教授隨即奏起輕快的樂曲，菲隨即演唱了起來，班哲文則笨拙地……

單腳旋轉起來 單腳旋轉起來 單腳旋轉起來 單腳旋轉起來

一羣鼠僕走了進來，他們端着白鑞**盤子**，裏面裝滿了新鮮美味的食物：羊肉、鹿肉、野兔肉、山鶉肉等野禽肉，還有栗子煎餅、木梨果凍、山桑

子果脯、乾無花果、杏仁、葡萄乾等小吃。

這羣鼠僕身後，有一個僮僕走在最後。他**個子矮小**，看來年紀和班哲文差不多。只見他吃力地抬着一個**巨大的**野豬餡餅，餡餅上插着一面蝨子堡的旗子。

僮僕朝着桌子加快腳步，卻不小心絆到騎士鼠腰上的配劍，摔了一跤。

而他原來頂着的一碟巨型餡餅飛脫了，最後竟砸在鼠多羅爵士的臉上！鼠多羅的臉上沾滿了餡餅，氣得尖叫道：**快給我抓住那隻可惡的僮僕！**」

為了幫助這個小傢伙，賴皮抓起三個蘋果，扔到半空中，開始雜耍起來，想要緩和氣氛。

大家來看雜技表演吧！哈哈哈！呵呵呵！嘻嘻嘻！

他跳到桌子上，用鼻子頂起一把**勺子**，在勺子上轉動一隻**盤子**；同時，他一邊用右腳爪耍弄着一些蘋果，一邊用尾巴揮着原本插在餡餅上的旗子！

「一、二、三！嘿喲嘿喲！吱吱吱吱吱吱！」

在場的老鼠歡呼道：

「啊，真是太厲害了！！！！」

賴皮甩掉身上所有的道具，然後突然撿起一塊餡餅，把它砸到了離他最近的騎士鼠的臉上。

我不禁嚇得瞠目結舌……

賴皮笑得不亦樂乎，簡直是捧腹大笑！

然後，他又把餡餅扔向附近的鼠……

現場所有的老鼠都笑得東倒西歪。

哈哈哈，哈哈哈，哈哈哈！
呵呵呵，呵呵呵，呵呵呵！
嘻嘻嘻，嘻嘻嘻，嘻嘻嘻！
呵呵呵，呵呵呵，呵呵呵！
嘿嘿嘿，嘿嘿嘿，嘿嘿嘿！

中世紀時期

飲食文化

中世紀時期，人們主要進食穀物粥，吃蔬菜、麪包、雞蛋，以及狩獵野禽。他們把食物放在麪包上，伴着吃。人們用辛辣的香料來醃製肉類，以延長它的存放時間。當時既沒有餐巾也沒有叉子（叉子在文藝復興時期才出現呢！），人們也不太講究餐桌禮儀……

而鼠多羅在可怕的沉默之後，突然爆發了一陣笑聲，我這才如釋重負地歎了口氣：小傢伙得救了！

當大家還在興高采烈地進行餡餅大戰時，我走到這個僮僕身邊。他藏在桌子下，臉色蒼白，渾身顫抖。

我安慰他說：「**孩子**，現在沒事了。別害怕。你叫什麼名字呀？」

哈哈哈！
呵呵呵！

高更左拉乳酪濃烈的**臭味**擴散到整座城堡，吸引了大批好奇的老鼠。鼠多羅爵士趕到廚房，一邊流着口水，一邊嗅着空氣的味道，嘴饞地命令說：「**快給我送上高更左拉乳酪！**」

賴皮抓起一片麪包，在上面塗了些乳酪，放在烤爐裏烤了一小會，然後在上面擺了一顆蝨子形狀的黑橄欖，然後把麪包端上，一臉自豪地說：「這是我的獨家食譜，『**蝨子堡臭烤麪包片**』！」

這次，試毒員還沒說完「好吃極了」這四個字，鼠多羅爵士就已經開始狼吞虎嚥了。

爵士急不及待走到大鍋前，然後貪婪地把頭埋進乳酪裏。他吃得津津有味，**鬍子亂顫**，興奮叫起來：「太美味了！**吧唧、吧唧！**這種美食，只有皇室才能吃到。不，我想說的是，只有**國王**才能品嘗得到。明天晚上，所有不列顛的騎士都會對着**我的**高更左拉乳酪口水直流！」

梅林眼中的一抹陰影

當天晚上，我們在廚房角落裏的草墊上**睡覺**休息。

黎明時分，我突然驚醒。在清早的陽光下，一隻男鼠的身影出現在我眼前。他身披**藍色**斗篷，頭戴一頂**尖帽子**，帽子上繡滿了金色的星星圖案。一隻貓頭鷹從窗户飛進來，降落在他的肩膀上，發出窸窸窣窣的聲響。

這個不速之客捋了捋他那長長的白**鬍子**，瞇起深邃的藍眼睛，眼神彷彿能把我們看透。

「我叫梅林。」他低聲說道。

中世紀時期
梅林
梅林是卡美洛王國傳說中亞瑟王的謀士。相傳梅林深愛着年輕貌美的薇薇安，更把魔法傳授給她。當梅林教會薇薇安法術後，薇薇安卻利用魔法把梅林永遠囚禁起來。

假如我是中世紀的人……

中世紀時期，人們會穿一件稱為丘尼卡的連身衣，再披上斗篷。男性的丘尼卡較短，而女性的丘尼卡腰位則窄身，布料材質較幼細，注重裝飾細節。假如你也穿越到中世紀時期，你會怎樣打扮呢？請你發揮創意，在下面空白的位置，畫出一套屬於你的中世紀的服裝吧！

中世紀的王冠

所需材料：

- 1張黃色厚卡紙
- 1把剪刀
- 其他顏色紙
- 1支膠水
- 1枝鉛筆
- 1個釘書機

1. 用鉛筆在黃色厚卡紙上畫出一個王冠的線條，然後用剪刀剪下。
2. 在其他顏色彩紙上，畫出不同的形狀圖案來代表寶石（你也可以隨意加上自己喜歡的小裝飾呢！）。
3. 用剪刀剪下這些圖案，並用膠水把它們黏貼在王冠上。
4. 待膠水乾透後，把王冠戴在頭上，然後量度你的頭圍尺寸。找大人幫忙，把王冠的兩側用釘書機固定。

這樣就做好你的專屬王冠啦！

金色辮子的女孩

當我在廚房裏把盤子全都洗乾淨後，就到院子裏倒**垃圾**。

就在這時，我遠遠望見一隻束着金色長辮子的女孩。她穿着天藍色的丘尼卡，眼神溫柔善良。

她的脖子上戴着一條項鏈，穿着一個珍貴的心形**銀色吊墜**，上面刻了一個英文字母G。

我聽見別的老鼠竊竊私語，說：「她就是卡米利亞德**國王**李奧多格蘭的女兒！」

我好奇地打量着她。這位小公主朝着城堡旁的護城河，一蹦一跳走去。

她走到**石橋**上，她把頭伸出，想看看橋下的風景……

這時，她身上掛着銀吊墜的繩結卻突然鬆掉了。

她嚇得立時伸出手爪，想要抓住它，可是銀吊墜已經掉到水裏了。

克勞斯迪諾完全沒有細想，就跳進冰涼的河水裏。

所有的老鼠都屏住了呼吸……

幾秒鐘後，克勞斯迪諾浮出水面，手爪中高舉着那個銀吊墜。他行了禮，然後把銀吊墜遞給女孩。

「感謝你！」她一臉激動地說着，「這件銀吊墜對我來說無比珍貴，它是我對媽媽僅存的回憶了！」

克勞斯迪諾害羞地喃喃道：「其實，我也是個孤兒。我沒有爸爸，也沒有媽媽……」

他們彼此笑了笑。我知道他們現在已經成為了朋友。

我跑過去抱起克勞斯迪諾，把他裹在我的衣服裏。他冷得牙齒直打顫。

「快到廚房的爐火旁暖和一下吧，孩子，不然你會生病的！」

可怕的黑騎士！

在城堡裏，沒有一隻老鼠聽説過卡美洛或者亞瑟王，所以我們決定去**城堡**外面再打探一下。

賴皮走在吊橋上，這時迎面走來了一隻全身打扮漆黑的**騎士鼠**。他騎着一匹黑色的戰馬，穿着一身黑色的**盔甲**。那個騎士的身材壯實，長相**兇惡**，來意不善；他看來地位顯赫，打着旗號徽章，是一隻雙尾黑溝鼠。

這隻黑騎士鼠吼起來：

「快閃開，你這個平民！」

賴皮不忿地回應：

「你才快給我讓路！」

「品行敗壞的惡鼠！」

「喜歡啃靴子的髒鼠！」

「我叫做**壞溝鼠**，來自最尊貴的暗鼠家族，大家都叫我『**黑騎士**』……」

賴皮不屑地笑道：「我才不怕騎士！我來挑戰你！」

賴皮抓緊一根**繩子**，然後猛然越過壞溝鼠的頭頂，叫起來：「哼，看我來拔**鬍子**啦！」

壞溝鼠雷鳴般怒吼道：「拔我的鬍子？我看你敢不敢，無名鼠輩！」

賴皮狠狠地尖聲回應道：「我接受你的挑戰！看好你的鬍子，**壞溝鼠**！我的表哥謝利連摩會好好收拾你！看看我們的厲害，你會被他打得頭暈眼花！對吧，謝利連摩？」

我毫無準備，張口結舌說道：「我？這跟我有什麼關係？他又沒對我做什麼！」

賴皮揪起我的耳朵：「*不許退縮*，**膽小鬼！**」

黑騎士揮着拳頭，向我走來。

他大聲向我地宣告說：「我在**黑暗城堡**裏等着你，來自史提頓家族的謝利連摩！我要拔光你的鬍子，把你的鼠皮一片片剝下，再給你的尾巴打上死結……我要**折磨**你，哦，我要好好**折磨**你！哈哈哈，我要好好好好**折磨**你一番！」

我的臉色頓時變得像莫澤雷勒乳酪一般蒼白，我驚嚇得感覺自己快要昏倒了。

一隻侍從鼠小聲說道：「賴皮先生，關於**黑暗**

盾牌在這兒！
什麼？
什麼？
什麼？
發生什麼事？
吱嘎！
吱嘎！
唏喲唏喲，拉起來！
鬆手吧！
呀！
用力推！

中世紀時遊
森林
在中世紀時期，歐洲的森林面積比今天的森林大得多。森林裏危機四伏，除了住着很多動物猛獸，例如熊和狼，還有一些隱士和土匪。

前往**黑暗城堡**的途中，我從馬背上摔下來三次，後來我乾脆步行走完剩下的路。

我身上穿着沉重的盔甲，手裏握着長劍。我穿着這身沉重的裝備在**森林**裏行走，舉步維艱，實在是太辛苦了！後來，我乾脆把盔甲和長劍統統丟下。

我好不容易，終於來到黑暗城堡了。

這座黑暗城堡位於黑暗森林的黑山山頂。只見城堡四周的護城河是**黑色**的……**黑色**的城牆、**黑色**的屋頂、**黑色**的城門、高塔上隨風舞動的旗子是**黑色**的、在空中盤旋的烏鴉同樣是**黑色**的，牠們淒涼地叫着：**啞啞，啞啞，啞啞啞啞啞啞！**

啞啞啞啞啞啞！啞啞啞啞啞啞啞啞啞啞啞啞！

我深深吸了口氣，鼓起勇氣走進城堡。

你們可能早就知道，我這隻鼠，膽子比較小……不過，我早就想好了營救計劃。我鼓起**勇氣**走向城堡，擔心地看了看那道護城河，吸血蟲我倒是沒有見到，不過……

我故作鎮定，向着那防衛嚴密，布滿釘子的巨大的木城門呼喊：「喂，裏面有鼠嗎？」

很快，就有幾根**鬍鬚**從高高的城堡頂上冒出來，查問：「**咕吱吱**，是誰呀？」

「呃，我是**木工**，這裏的梯子斷了，他們叫我過來修理……」

中世紀時期

圍攻城堡

當城堡遇襲時，哨兵發出警報，抬起吊橋，把滾油澆在敵人身上；弓箭手從射擊孔射箭。敵人用點着火的箭、攻城槌、攻城塔、弩炮攻擊。城堡的物資十分充裕，因此這樣的攻打狀態有時會持續幾個月，甚至好幾年。

守衛**嘟噥**着說：「哼，這座城堡總是殘破不堪，依我看就連屋頂都快要掉下來了！」

他帶我進去，滔滔不絕地說着：「我在等候一名**騎士**，一個來自史提頓家族，叫做謝利連摩的傢伙。壞溝鼠說我能立刻認出他，因為他長得一臉蠢相。我的任務是在他的頭上澆上一大鍋**沸騰的乳酪**，幸好我沒把你錯認成他！」

「嗯……是啊……太幸運了……」我嚇得臉色發白地回應說。

弩炮（把重物砸向對手的裝置）

我假裝不經心地說道：「誰知道護城河裏藏了多少漂亮的吸血蟲！噴火龍和冬天的氣候真是絕配！」

守衛怪笑道：「這可是個秘密，我不該多嘴的，但是什麼**吸血蟲**呀，還有噴火龍呀，都是為了嚇跑敵人而編出來的。你知道嗎？這個方法十分管用，沒有任何老鼠敢接近這座城堡呢！要是還有敵人過來，我會用**沸騰的乳酪**洗髮水給他們洗洗頭！」

我擠出一絲笑容：「哈哈，哈哈哈，真有趣。」

不久，我悄悄地溜到一條**黑漆漆的長廊**裏，踏上樓梯，朝着最高的塔樓走過去。

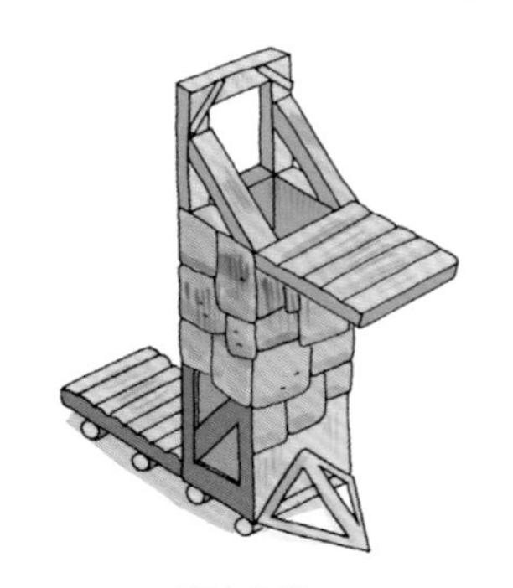

攻城塔
（用來登上城牆的裝置）

攻城槌
（用來打破城牆和城門的裝置）

城堡的結構

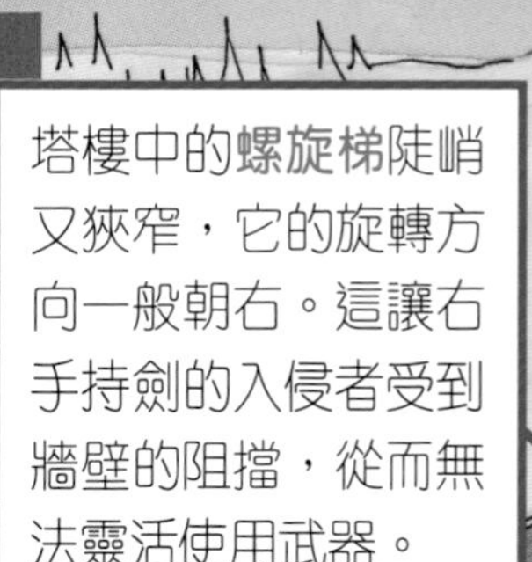

塔樓中的螺旋梯陡峭又狹窄，它的旋轉方向一般朝右。這讓右手持劍的入侵者受到牆壁的阻擋，從而無法靈活使用武器。

塔樓和城牆的周圍建有木長廊，也就是瞭望台。士兵們站在瞭望台上，可以對外來者發動攻擊，同時可作掩護，保護士兵免受傷害。

城堡主塔的入口位於高處，和塔室一樣高，有效防止入侵。通過木梯子可以直接進入到塔室內部，遇有敵人入侵時，這個梯子就會被收回到塔室裏。
在城門上，裝有木製或鐵製的大閘門，它連接着鐵鏈或繩子，方便迅速拉上或放下。當城堡遇到襲擊，士兵可迅速放下閘門。
城堡大多建有兩層或三層的外牆包圍起來，頂部有走廊通道，方便士兵迅速移動，以作防衛。

啊，我有畏高症啊！

我成功擺脫了守衞，走上塔樓，一直向上爬，向上爬……向上爬……哎，這些長長的樓梯級簡直彷似沒有盡頭！

我最終登到塔頂，看見一扇非常非常小的門。這扇門被塗上了**黑色**，上面刻有暗鼠家族的徽章。

我看見門鎖上插着一把生鏽的大鑰匙。我轉動它，門隨即吱吱嘎嘎打開了。

我跳進門內，呼喊：「你別害怕，鼠莉婭小姐，我是來救你的！」

房間內一片**昏暗**，裏面有一張掛着**黑色**錦緞睡帳的牀。在石爐旁邊，有一隻憂愁的女鼠坐着。她長着如雪般潔白的毛髮，正在編織。

她的頭上頂戴着精緻的花邊頭紗，身上穿着亮閃閃的金色綢緞衣服，上面繡上了珍珠和黃玉，衣着高貴華麗。

她站起身來：「這位勇敢的騎士，請問你叫什麼名字？」

我深鞠一躬：「我叫**謝利連摩・史提頓**，我是來救你的！」

我聽到樓梯上傳來沉重的**腳步聲**，火光在石板地面上投射出深深的影子。**壞溝鼠過來了！**

我們逃到房間外，躲在一副**盔甲**後面。

壞溝鼠嘟噥道：「親愛的鼠莉婭，我心愛的美女鼠，你快嫁給我吧！欸？**你藏到哪兒去了？**」

我們踮起腳尖，鼠頭鼠腦地悄悄沿着樓梯向下走……

突然，一陣濃烈的大蒜味鑽進我的鼻孔。我禁不住打了個噴嚏：**「乞嚏！」**

壞溝鼠轉過身。他嘴裏的大蒜味弄得我不停地打噴嚏。

「乞嚏！乞嚏！乞嚏！」

他冷笑道：「哼，你這個平民還真的來了？你就是想拔光我鬍子的那個傢伙吧？」

我們沿着樓梯拼命往下跑。「要是你落到我手上，我一定要好好**折磨**你！」

我聽見塔下傳來一陣踏步聲，士兵們趕過來了！

我們想要逃出去，唯一的辦法是從窗户跳出去，跳到城堡的屋頂上。

我把頭探出窗外，以一千塊莫澤雷勒乳酪的名義發誓……

啊，這裏真是太高了！多麼恐怖，多麼

咕吱吱，我們身處的位置實在是太高了！

我緊緊抓着鼠莉婭的手爪，在城堞上保持平衡緩慢行進。「堅持住，小姐！」

此時，有弓箭手從下方投來暗箭。我遭到亂箭攻擊，第一支弓箭**擦傷**了我的耳朵，另一支**刮掉**了帽子上的羽毛，還有一支箭乾淨利落地**打斷**了我的鬍鬚。

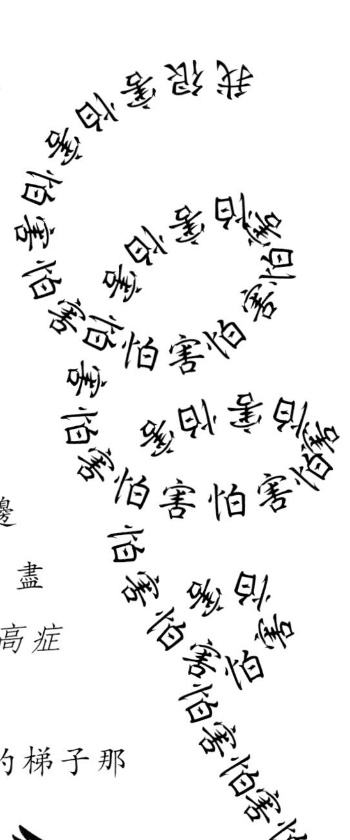

鼠莉婭穿着長裙，行動不便，於是我趕忙抱起她，一邊保持平衡，一邊拚命跑起來，盡量**不要**向下看（*啊，我有畏高症啊！*）。

我馬上就走到了通向庭院的梯子那裏，就在這時……我卻一腳踩到烏鴉**糞便**，摔了一跤！

可惡！

我和鼠莉婭，從上面跌落下來，懸掛在城堞上，我們驚恐萬分尖叫呼救起來：「**救命啊！救命啊啊啊啊啊！**」

就在下面的庭院裏，我看見四張熟悉的臉龐。

原來，是**伏特教授**、**菲**、**賴皮**和**班哲文**。

我的小姪子高呼喊着：「*叔叔！堅持住，堅持住呀！*」

他們幾個一起迅速爬上梯子，沒過多久就抓住我們，把我們拉了上來，終於**安全**獲救了。

莫澤雷勒乳酪的香味

「呼呼，這一次真的是太驚險了。我真的以為我要完蛋了！」我結結巴巴說道，臉色變得**像莫澤雷勒乳酪一樣蒼白**。

我們沿着梯子爬下來，穿過庭院，火速逃離城堡。我們才剛逃出來，**吊橋**就被立刻收起來了，真驚險！

我們騎上馬，朝着蟲子堡的方向一路**奔馳**。

鼠莉婭穩穩坐在馬背上，一次也沒有掉下來。你們知道我掉下來多少次嗎？

十三次！我跌得渾身是傷，*兩隻耳朵、右腿膝蓋、左腳爪的一根趾頭、三根鬍鬚、鼻子尖、左手爪的小拇指、尾巴、右手爪的大拇指、門牙……還有我的臀部！*

咕吱吱！抵達蟲子堡的時候，我疲憊不堪地從馬背上下來，四肢已經變得麻木了。

我**結結巴巴**地說道：「我真是遍體鱗傷了，誰知道明天我能不能走路……**哎喲！**」

鼠福特爵士激動地抱住我：「你想要什麼我都會給你，什麼都可以！土地、城堡、珍寶……」

賴皮激動地小聲說道：「快說呀，跟他要一箱黃金、一盒珍珠、一個裝滿紅寶石的……」

我深深地鞠了一躬：「你不欠我任何東西。」

鼠福特爵士拿出一把**寶劍**，把它恭恭敬敬地放在我的左肩上，然後再放在右肩上。

「來自史提頓家族的謝利連摩，我任命你為**騎士！**你願意發誓要扶助弱者、消除世上的一切不公平嗎？」

「我發誓！」我堅定地回答道。

在場的所有老鼠**歡呼**起來：「太好了！真是太好了！來自史提頓家族的謝利連摩勇士真是英勇了！」

班哲文尖叫道：「叔叔，你真厲害！」

我聽見「**咔嚓！**」一聲，我的妹妹正在偷偷給我拍照。

咔嚓！
叔叔，你真厲害！

中世紀時期
騎士
騎士們必須遵守騎士守則。騎士守則是騎士為了捍衛自身榮譽而遵從的規則，包括保護女性、扶助弱者、勇敢果斷、慷慨大度、忠心不二、遵守承諾。

鼠莉婭壓低嗓子，以免被別的老鼠聽到：

「騎士先生，你從哪裏來？」

「非常非常遠的地方。我很快就會再次啟程。」

「你會重返蝨子堡嗎？」

我歎了口氣：「這誰也不知道呢……」

鼠莉婭温柔地望着我說：「那好吧，謝利連摩先生，無論你身處何方，我都會把你的英勇事跡記在心裏，希望你也能記住我……」

她遞給我一條刺繡手帕，手帕散發出淡淡的莫澤雷勒乳酪的香味。「請你保管好它，這是我對你的一點心意！」

我深感榮幸，把手帕緊緊拿着。

中世紀騎士精神

在不少文學作品裏，中世紀的騎士們都是偉大的英雄，讓人追求嚮往。大家快來看看那些正直無畏的騎士們追求什麼美德吧！

1. 保護弱小
2. 忠於國家
3. 勇敢正義
4. 堅毅不屈
5. 正直無畏
6. 不怕犧牲
7. 善良仁慈
8. 智慧果斷
9. 誠實守信
10. 無私奉獻
11. 謙卑守信
12. 捍衛教會

中世紀的城堡建造

- 在1000年到1500年之間，在歐洲和中東地區建造起來的城堡數量多達15,000座。

- 要建造一座城堡，通常需要7到12年的時間。有些大型的城堡建築羣或教堂甚至需要上百年，如倫敦塔、巴黎聖母院。

- 英國威爾士的博馬里斯城堡是一項浩大的建設。這座美麗的大型建築羣，其設計獨特，更成為了後世歐洲城堡模仿的對象。現今它已成為了當地的熱門旅遊景點，更被列入了世界文化遺產。

- 在法國，中世紀時期的貴族興建了大量富麗宏偉的城堡建築，例如法國羅亞爾河谷有著名的羅亞爾城堡羣，現在是法國重要的觀光景點。

- 斯皮什城堡是歐洲中部最大型的城堡，位於斯洛伐克，建於12世紀，現已被列入世界文化遺產。

金箭獎

第二天清晨，我們在城堡裏聽到外面傳來三聲小號的聲響，比武大會快要開始了。

「叭叭！叭叭叭！叭叭叭叭！」

「叭叭！叭叭叭！叭叭叭叭！」

「叭叭！叭叭叭！叭叭叭叭！」

通報鼠宣布道：「射箭大賽現在開始！全國上下最勇猛的弓箭手將在這裏展開激烈比拼！獲勝者將被授予『**金箭獎**』！」

在場有不少參賽選手，他們一個接一個地射箭，大顯身手。

輪到蝨子堡鼠拉吉奧爵士的時候，他瞄準靶子，自信十足地高聲呼喊：「讓你們見識一下什麼才叫射箭吧！」

他一口氣發射出三支箭，全部擊中最內環，也就是靠近靶心的位置。

觀眾們歡呼起來：「鼠拉吉奧！鼠拉吉奧！鼠拉吉奧！」

鼠拉吉奧得意極了：「是的，我很優秀，這一點我很清楚！」

通報鼠宣布道：「這場比賽的獲勝者是……」

這時，有鼠突然高呼：「我也想試試看！」

只見一隻女鼠走上前來，她的臉被帽子遮蓋了，但我還是認出了她——我的妹妹菲！

菲刻意把帽子壓低，讓在場的鼠看不到她的容貌。她把箭架在弦上，蓄勢待發……

她的鬍子激動地**顫動**起來。

菲瞇起眼睛，瞄準靶子，「嗖」的一聲把箭射了出去。**嗖嗖——**

所有的老鼠屏住呼吸。

我擦了擦眼鏡，這樣能看得更清楚些。我瞪大了眼睛：

參加比武大會的選手可以騎馬較量，也可以不騎馬比試。騎士們可以單獨決鬥，也可以組隊參賽。精彩絕倫的比武大會，其實在最開始是戰爭前的訓練活動，後來才演變成宮廷內部的慶典表演。

她射中了**靶心**！

她又發一箭，射中**靶心**！

她最後射了一箭，又再射中**靶心**！

菲興奮地跳起來：「吱吱吱！太好了！」

她摘下帽子，所有的老鼠都不禁驚歎。

中世紀時期

女性地位

在中世紀時代，男女的地位不平等。平民女性在田間勞作，而貴族女性學習針織和音樂。

但是，無論是窮是富、貴族還是平民，當時的女性都要順從男性。她們沒有繼承權，也沒有選擇配偶的權力。不過，在這個時期也不乏膽識過人的女性，比如說女聖人聖赫德嘉．馮．賓根（1098-1179），強勢的王后——阿奎丹的艾莉諾（1122-1204），以及無畏的聖女貞德（1412-1431）。）

鼠拉吉奧氣得臉色**發紫**：「*真是太丟人了，竟然被一隻女鼠打敗！*」

觀眾中發出評論聲：「她的射箭技術真好！」

「簡直難以置信！」

「比鼠拉吉奧厲害很多很多很多呢！」

然後，菲捧着「金箭獎」，我們把她高高拋起，驕傲地高呼：

「沒什麼能夠阻止我們史提頓家族的腳步！」

聽好啦，聽好啦，聽好啦！

正午時分，通報鼠宣布道：「聽好啦，聽好啦，聽好啦！來自格蘭格納的格蘭壯鼠，也就是『美食鼠』，將要**挑戰**來自沙特爾的莫澤雷利諾，也就是『小小鼠』！」

兩位騎士鼠登上各自的戰馬，雙方準備交戰。他們的戰馬早就**急不及待**踩起馬蹄。

他們倆握住**長矛**……一聲令下，便朝着對方飛奔過去。

所有的老鼠屏住呼吸。兩鼠正面交鋒，手中的武器發出**金屬**撞擊的聲音：「**哐噹——！**」

我看見克勞斯迪諾透過圍欄縫，偷偷**觀看**着比賽。

我走到他身邊，問道：「你在做什麼呀？」

他羞紅了臉，說：「啊，先生，我在看比賽，只是在看比賽。很多騎士呀！他們真的很勇敢！」

衝啊，格蘭壯鼠！

嘩啊！
嘩啊！

金色辮子的女孩一臉崇拜地望着克勞斯迪諾，也就是亞瑟王。

他紅着臉，害羞地跟她問好：「小姐！」

她扶他起身。兩隻鼠温柔對視，朝着城堡的方向走去。

我聽見老鼠們竊竊私語：「啊，**桂妮薇兒小姐**和**亞瑟王**真的是太匹配了……」

梅林心滿意足地捋了捋鬍子：「原來這就是藏在城堡中的寶藏，偉大的小國王——亞瑟。」

圓桌騎士

在凱爾特語中，「亞瑟」的意思是「熊」。

傳説，亞瑟王是不列顛的尤瑟王、廷塔哲公爵之妻伊格賴因的私生子。亞瑟王的姊姊是摩根勒菲。

尤瑟王死後，為了保護年幼的亞瑟王，梅林施法隱藏了小亞瑟的行蹤，並把他藏在遠處的城堡裏。直到時機成熟，梅林才通過石中的王者之劍找到亞瑟王，並把他送上王位。

桂妮薇兒是國王李奧多格蘭的女兒，她嫁給了亞瑟王。長達五十多年的太平日子就這樣開始了。在亞瑟王英明的領導下，不列顛人長期作戰，擊退撒克遜入侵者。

最終，梅林告訴了亞瑟王他真正的任務——找到聖杯，也就是耶穌在最後的晚餐上使用的葡萄酒杯，這個杯子能夠治癒一切疾病，並賜人智慧。為了找到聖杯，亞瑟王把最英勇的騎士們召集在圓桌旁。「圓桌」代表這些騎士同樣勇猛、不分高下。

新的國王，新的王后

就在這時，伏特教授面色凝重，氣急敗壞地**跑**過來叫住我：「謝利連摩，你快過來啊！」

「不好了！『**妙鼠穿梭號**』快沒電了，我們得馬上出發，不然我們會永遠困在這裏！」

我歎了口氣。我真不想把克勞斯迪諾這個**小傢伙**一個留在這裏。

梅林安慰我說：「你放心出發吧，親愛的朋友。我來輔佐他，幫助他成為一名優秀的國王。

「對了，現在蝨子堡是亞瑟王的了！不過，我建議他給城堡取個新名字，『蝨子堡』也太難聽了，一聽見這幾個字我就

未來的國王和王后

渾身難受。我想讓亞瑟王把它命名為……**卡美洛城堡！**我相信，不出多久，卡美洛就會迎來新的王后——桂妮薇兒。她和亞瑟王看上去真的很投契呢。」

伏特教授微笑道：「亞瑟王，桂妮薇兒，卡美洛城堡……太好了，現在一切明白了。」

梅林揮起手爪，與我們告別：「我不會忘記你們的，**遠道而來的旅客們！**」

我們鑽進「**妙鼠穿梭號**」。

「準備好了嗎？出發發發發發發發發發發！」伏特教授高呼起來。

時光機開始轟鳴起來。

沒多久，我們就回到了妙鼠城。

對，就是妙鼠城……

我們回家啦！

我以謝利連摩·史提頓的名字擔保！

我們在伏特教授的實驗室着地。艙門自動打開，我的家鼠們一個接一個從時光機鑽出來。

我踏出艙門，不禁興奮地叫道：「啊，太好了！**終於回家了！**」然後，我轉身對我的表弟說：「賴皮，不許你再捉弄我了！」

賴皮不滿地說：「我？**捉弄**你？我可是這世界上最**認真**的老鼠了！你怎麼這麼多疑呀，謝利連摩？這樣對你身體不好……」

然後，他哼唱起來：

「整天緊張兮兮……
早就告訴過你！
腦袋轉得不快，
可惜可惜可惜！」

當他翩翩起舞時，踢到了地面上的一個東西。他撿起來一看，原來是「**妙鼠穿梭號**」的遙控器。

「看呀，看呀，是用來遙控的那個小玩意！**怎麼把它放在地上呀？**哼！」

他吹起口哨，把遙控器往身後一扔。

我的老天，吱吱吱，隨即「**妙鼠穿梭號**」轉動起來，艙門也「砰」的一聲關上了。我不祥的預感成真了！

有了一次的經驗，我迅速到座位繫上安全帶，塞上耳塞。時光機瞬間被藍霧填滿，開始**震動**起來，轉得越來**越快**越來**越快**！

這一次我要到哪裏去呢？

我毫無頭緒，不過我一點也不再恐慌了，反而有點期待開啟新的旅程。這一次，等待我的是哪個歷史時期、哪個地點呢？

穿越時空旅行

穿越時空旅行

?

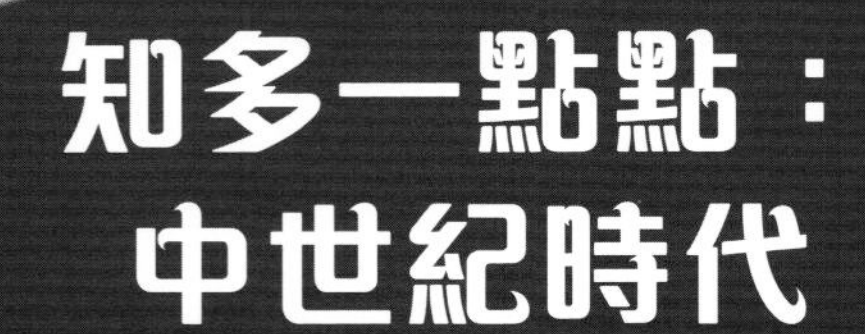

知多一點點：中世紀時代

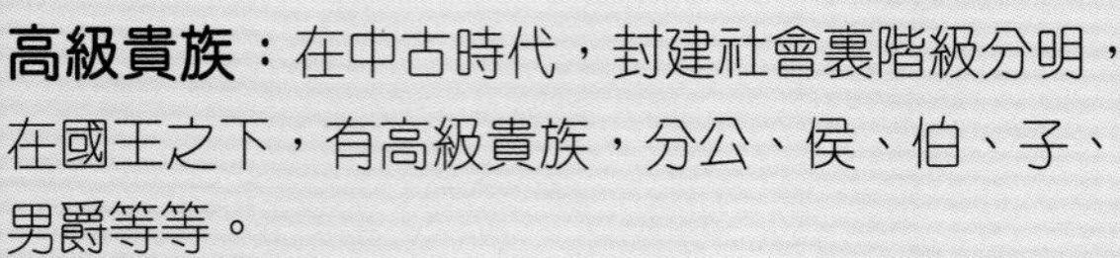

高級貴族：在中古時代，封建社會裏階級分明，在國王之下，有高級貴族，分公、侯、伯、子、男爵等等。

封臣和領主：在封建制度下，貴族會把土地分封。這些貴族成為了各級封臣、領主擁有城堡和莊園，他們把土地給予平民來換取他們的勞役。

騎士：騎士是中古時代最低級的貴族，負責保護領主貴族，參加戰爭，捍衛城堡。遇上敵人侵襲時，他們會戴上頭盔、身披鎧甲、手持盾矛、騎馬戰鬥。平時，騎士們會參加競賽和比武大會。

戰馬：打仗時用到的馬匹。騎士經常坐在馬背上使用右手作戰。

騎士精神：指中世紀時期，騎士信守的高尚情操，包括：正直勇武、謙讓、對君主忠誠、對神的奉獻、保護婦女弱小和很重視名譽等等。

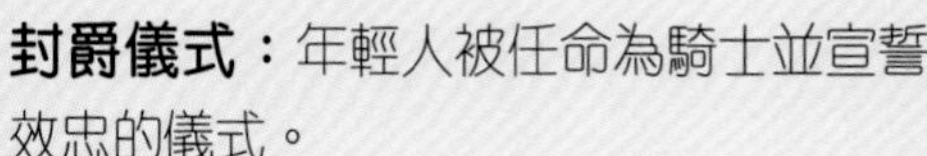

封爵儀式：年輕人被任命為騎士並宣誓效忠的儀式。

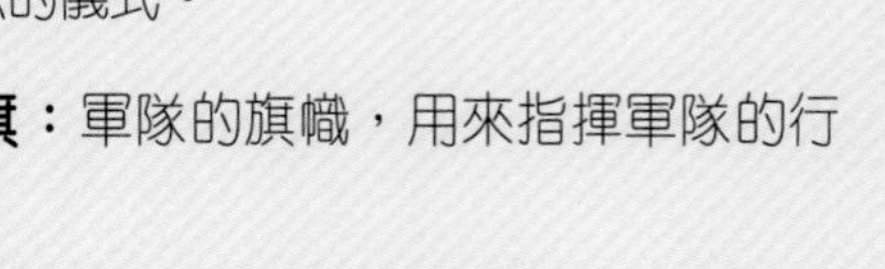
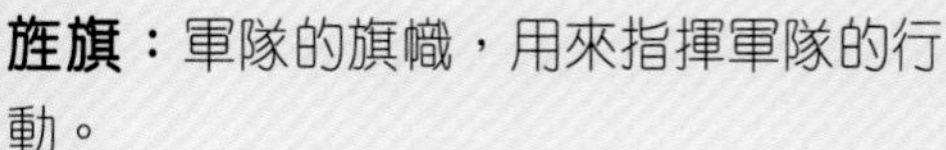

旌旗：軍隊的旗幟，用來指揮軍隊的行動。

教會：在中古時代，歐洲國家人們大多信奉天主教。教會對歐洲各國的政治、經濟、文化各方面都有極大的影響，當時有不少教士成為了貴族階級。

侍從：在成為騎士前，年幼的男孩要先在貴族家中擔任「僮僕」或「侍從」，侍候主人和學習技能。

工匠：中世紀時期，貴族領主都居住在城堡裏，他們需要人力建設，社會上隨即出現了這個職業，例如有銅匠、木匠、皮革匠等等。在中世紀後期，更發展出不同的「同業工會」。

抄寫員：他們大多是僧侶，在印刷術尚未發明時，負責抄寫圖書，並用圖畫裝飾書籍。

中世紀樂器

下面是最為人熟知的中世紀樂器。有的在幾個世紀的演變中改變了樣式，有的還是之前的模樣。今天的我們仍在使用這些樂器。

弦樂器：

豎琴：三角框形弓狀的愛爾蘭豎琴最為流行。有的豎琴高達一米！

手搖琴：具有四根或六根琴弦，演奏時右手轉動樂器上的手柄，左手觸碰琴提下面的按鍵。

魯特琴：具有四組或五組複弦，演奏時需使用撥弦片或鳥類羽毛撥動琴弦，杏仁形的撥弦片可以由不同材料做成。

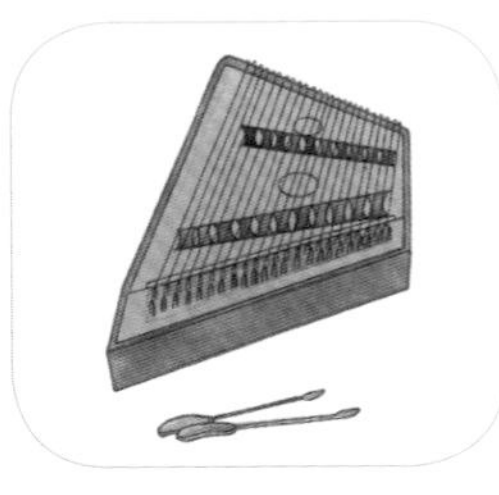

撥弦揚琴：外觀為三角形或梯形，具有六到十五根琴弦不等，演奏時需要使用撥弦片或者直接擊弦。

管樂器：

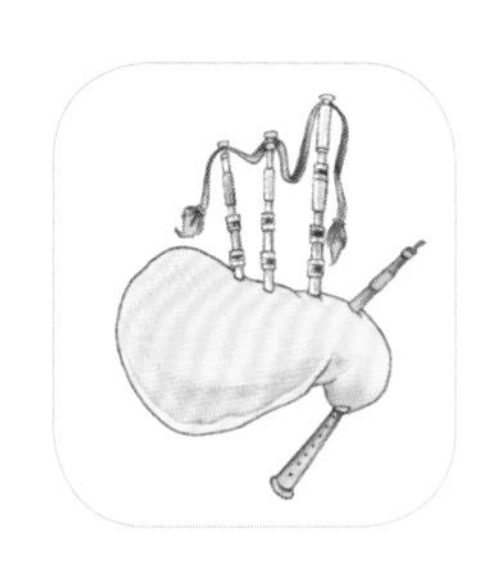

風笛：由皮質風袋和風袋上類似長笛的木質音管組成。對其中一根音管吹氣，樂聲便會從風袋下方的管子飄揚而出。

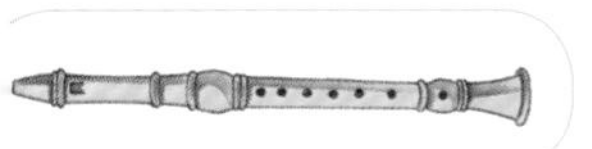

直笛：由木頭做成，具有一個吹孔和六個音孔。

小號：長而直的樂器。一般會在節日慶典上吹起小號。

敲擊樂器：

鼓：鼓身繫有鼓帶，人們利用鼓棒敲擊發出樂聲。鼓的形狀有大有小。

銅鈸：通過綢帶將兩個銅鈸相連，有節奏地碰撞二者為舞蹈伴奏。

鈴鼓：由動物皮做成的圓形鼓，鼓身上繫有綢帶。用手擊打鼓面即可發聲。

中世紀孩子的遊戲

套袋賽跑

孩子們站在痲包袋裏，抓住痲
包袋口做好準備，哨聲一響，
便提起痲包袋朝着終點一蹦一
跳跑過去。

球賽

中世紀的球是用布或皮革縫製的，裏面塞滿了稻草。孩子們可以用手投球玩，也可以把它當成足球踢。

陀螺

中世紀的陀螺一般呈圓柱形，
一頭是尖的，可以通過細繩的
抽打而旋轉起來。誰能讓陀螺
旋轉的圈數最多，就贏出了比
賽。

拔河比賽

在麻繩的中間繫上一面小旗子，旗子正對地面的橫線。比賽選手分為兩隊，分別抓緊繩子的兩端。比賽開始後，兩隊選手各自用力拉緊繩子，試着將對手拖到自己的區域裏。

彈珠

在中世紀，孩子們多以鵝卵石或搓小泥球來作彈珠。在地面上畫好包括直道、彎道、障礙物的賽道後，就可以開始遊戲了。用食指或拇指一彈，彈珠便沿着軌道飛馳而去。

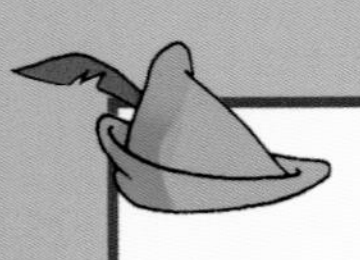

西方的飛龍

所需材料：

- 5個廁紙筒
- 1張紅色和1張黑色手工紙
- 2枚鈕扣
- 1枝畫筆
- 4-5根牙簽
- 1樽綠色廣告彩顏料（你也可以選用自己喜愛的顏色）
- 1把剪刀
- 1個釘書機
- 1卷膠帶紙
- 1支膠水

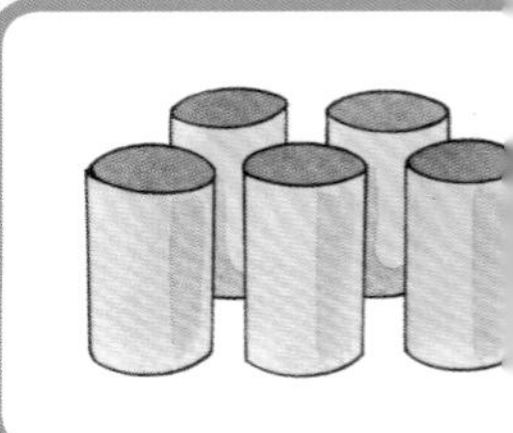

1. 利用一個廁紙筒做龍的頭部，其他四個紙筒做龍的身體。用綠色廣告彩顏料在廁紙筒上塗上顏色，並進行裝飾。

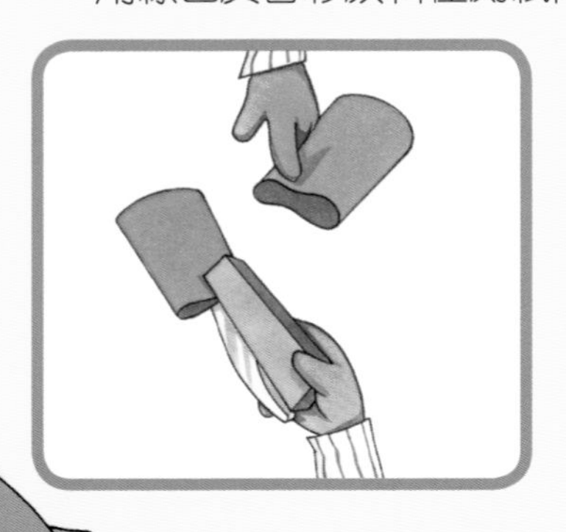

2. 壓着龍頭的廁紙筒的一端，並用釘書機釘着手按着的部分來固定。

3. 利用兩枚鈕扣來做出龍的眼睛，用膠水來黏着固定位置。

4. 在紅色手工紙上畫出並剪下來製作四片龍背上的骨板；然後在黑色手工紙上畫出四對龍爪子的形狀並剪下，如右圖所示。

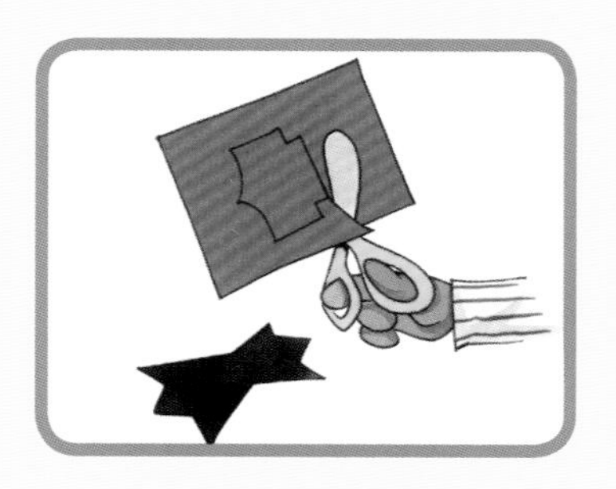

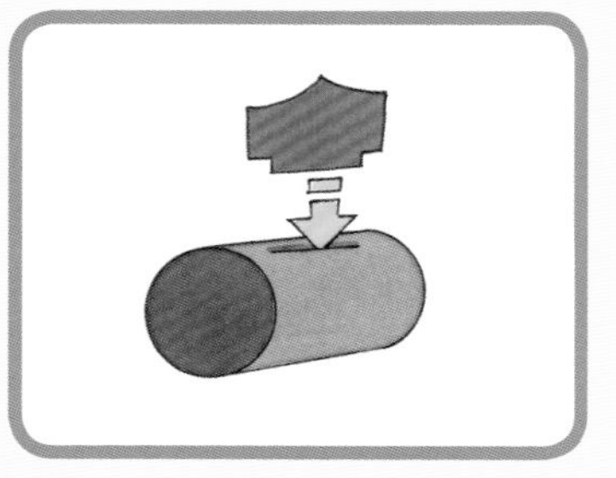

5. 在剩下的四個廁紙筒上方剪開一道開口，分別插入骨板。

6. 在廁紙筒的下方分別貼上爪子。

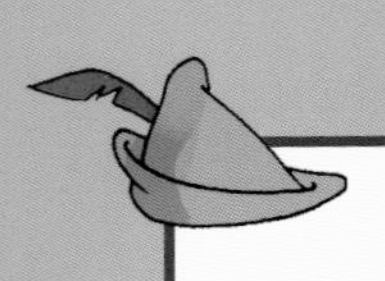

7. 把四個廁紙筒整齊排在一起，用膠紙把牙簽貼在廁紙筒內部的底下位置，從而將它們連接起來。

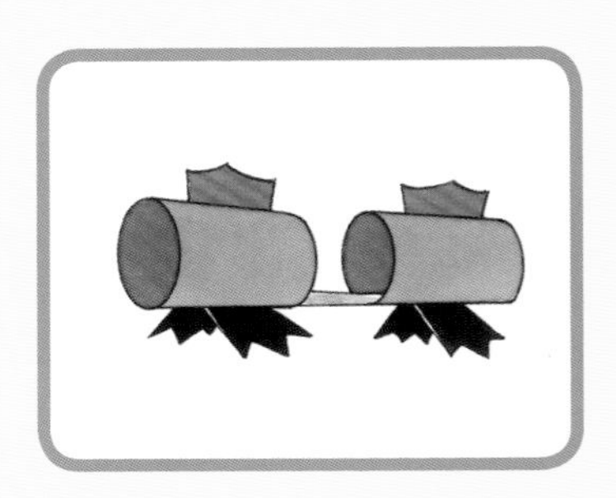

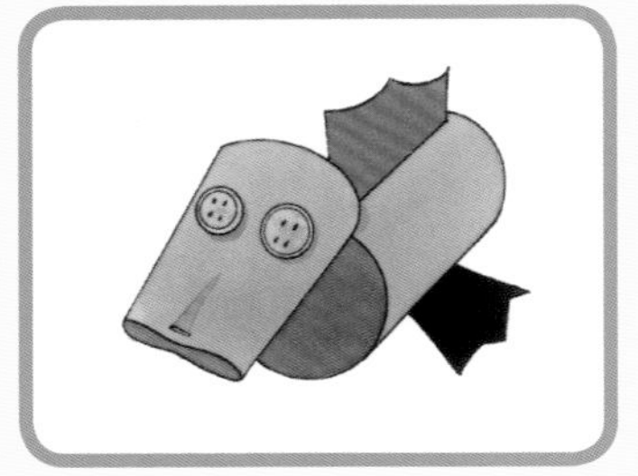

8. 把龍的頭部黏到身體的一端，如左圖所示。

西方的飛龍就這樣做好了！

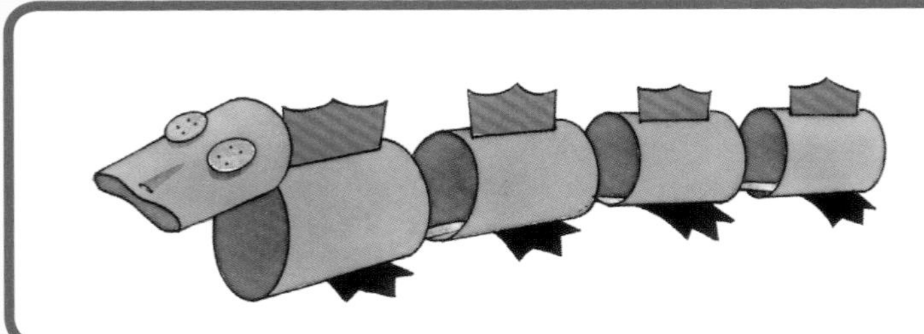

前往卡美洛城堡
謝利連摩要前往城堡去找阿瑟王，請幫助他找出的正確路線吧！
終點
起點

書型收納盒

所需材料：

- 1個穀物包裝盒
- 2張硬卡紙*
- 1枝畫筆
- 1張顏色紙*
- 1枝鉛筆
- 1支白膠漿
- 黃色顏料
- 1把剪刀

*要比盒子大，能把它整個包起來。

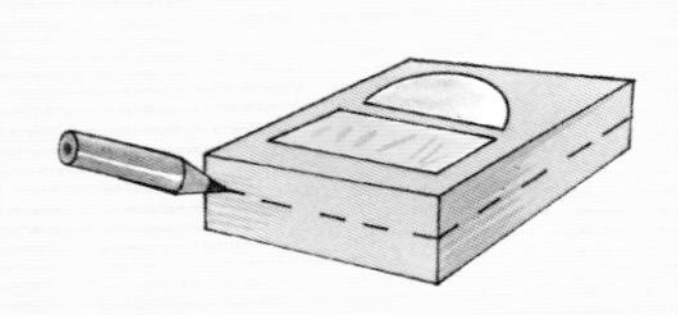

1. 把盒子放平，用鉛筆在盒子的三邊畫上虛線，把它分成上下兩半。

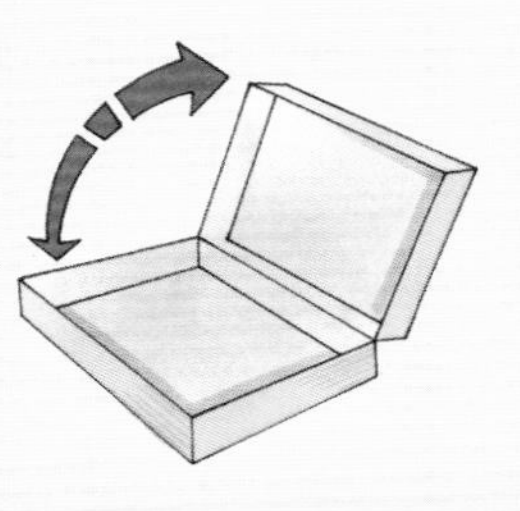

2. 用剪刀沿着鉛筆線把盒子三面剪開，分成上下兩半。打開盒子，就像是翻開了一本書。

3. 將一張硬卡紙和盒子的正面對齊，再用白膠漿固定起來，然後重複此步驟，在盒子背面貼上另一張硬卡紙。

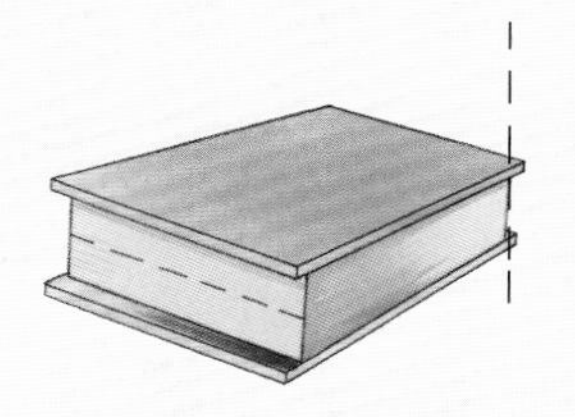

4. 在剪開的三個側面塗上黃色顏料，它看起來就像是一本書了！

5. 接着，我們製作封面，用顏色紙把盒子包起來。然後，對齊書角，再用白膠漿將顏色紙固定到硬卡紙上。注意，千萬別把顏色紙黏到圖書的開口處！

6. 然後，你可以設計書名和封面圖案，它既是一本獨一無二的書，也是一個收納盒子呢！

完成了！

製作王座

所需材料：

- 1張兒童膠椅
- 1枝黑筆
- 2張大紙皮（也可用舊的紙皮箱）
- 1枝畫筆
- 1束彩帶
- 不同形狀的意大利麪
- 彩色顏料
- 1張錫紙
- 1支膠水
- 1把剪刀
- 1個釘書機

1. 用黑筆在兩張紙皮上分別畫出王座的側面線條輪廓，如右圖所示。

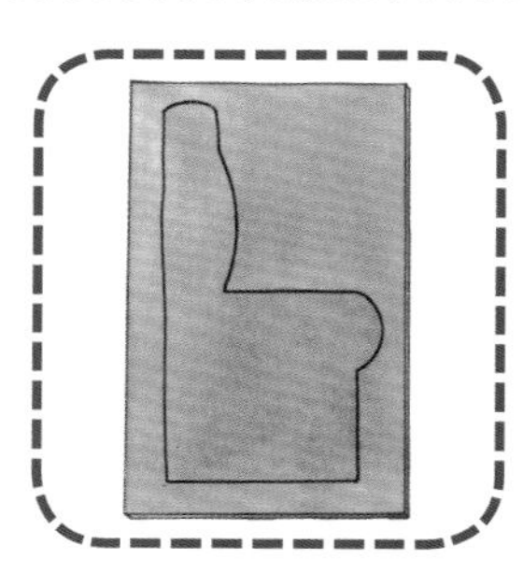

2. 在紙皮上面畫出你喜歡的花紋和圖案作裝飾（你也可以加上喜歡的寶石或飾物），然後剪下側面輪廓。

3. 接着把不同形狀的意大利麪和錫紙捏成的小球黏在上面，再給紙皮上色。

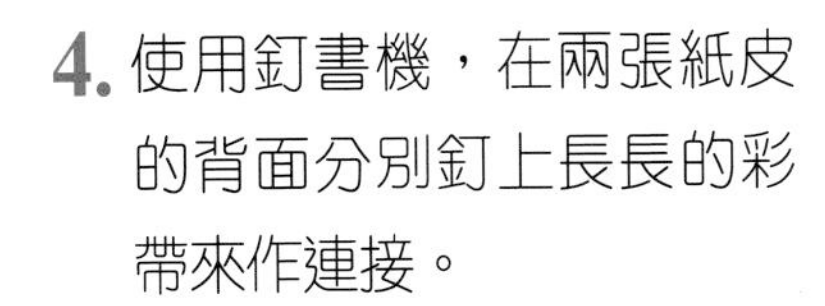

4. 使用釘書機，在兩張紙皮的背面分別釘上長長的彩帶來作連接。

5. 把紙皮分別放在兒童膠椅子的兩側，（你也可以自行在椅子加上靠墊）將紙皮的背面彩帶綁起來固定在椅子上。

你的尊屬王座
這樣就做好了！

中世紀時代：找出外來者！
圖中有6個不屬於中世紀時期的事物，
你能把它們找出來嗎？

答案：咖啡機、電燈、電話、收音機、電視、沙發。

我們即將再次展開穿越時空旅行……

一起去探索古羅馬文明，

這真是一場緊張刺激的冒險，

以一千塊莫澤雷勒乳酪的名義發誓！

一個尋常……
還是非比尋常的夜晚？？？

那天晚上，和其他夜晚沒什麼不一樣。

那天星期五，是一個**寒冷**的秋日，我在辦公室裏加班，工作到很晚。

大家都知道，我這個文化鼠，身為《鼠民公報》的總編輯，總是**忙得不可開交……**

這是我，坐在辦公室裏的謝利連摩·史提頓！
鼠民公報

話說回來，那天晚上我很晚才完成工作回家。當我到達家裏時，時間已經差不多到了**午夜**。

我累極了，想去好好**睡覺**休息。

我先給自己泡了一杯香甜的洋甘菊花茶，然後換上睡衣，躺在壁爐前的扶手椅裏。呵，真是愜意啊！

我正在考慮要不要把最後一塊塗有**巴馬臣乾酪**的餅乾吃掉，可就在這時……

就在我身旁的**警報器**竟驚天動地響了起來，發出**震耳欲聾**的警報聲！我的耳膜簡直快要被震穿了！這個警報器是伏特教授安裝在我家的，方便他隨時向我尋求幫助！

那突如其來的警報，把我嚇得整個鼠**顫抖**不已！我嚇壞了，隨即急忙站起來，不過……

我的頭一下子猛地撞到附近的書架上了！

讓我撞得**頭暈眼花**！

緊接着，我又撞到了一盞落地燈 ，狼狽地摔了一跤。

然後，我頭暈轉向，走不出幾步，又被地上的一些巧克力滑了一腳，重重地滑倒，飛向前方了！最後，我摔倒在生着火的壁爐旁，壁爐裏的**火苗**燒到了我的尾巴！

我尖叫着蹦起來：「**哎呀呀呀呀呀！**」

我坐在壁爐旁的沙發上，細細品嘗着花茶和巧克力，這時……

我身旁的警報器發出震耳欲聾的警聲！我的耳膜簡直快要被震穿了！

……我趕緊起身，我的頭卻撞到了書架上……

……我嚇得整個鼠顫抖不已……

……接着撞到了一盞落地燈，狼狽地摔了一跤。

……我頭暈轉向，走不出幾步，又被地上的巧克力滑了一腳。

秘密流動實驗室！

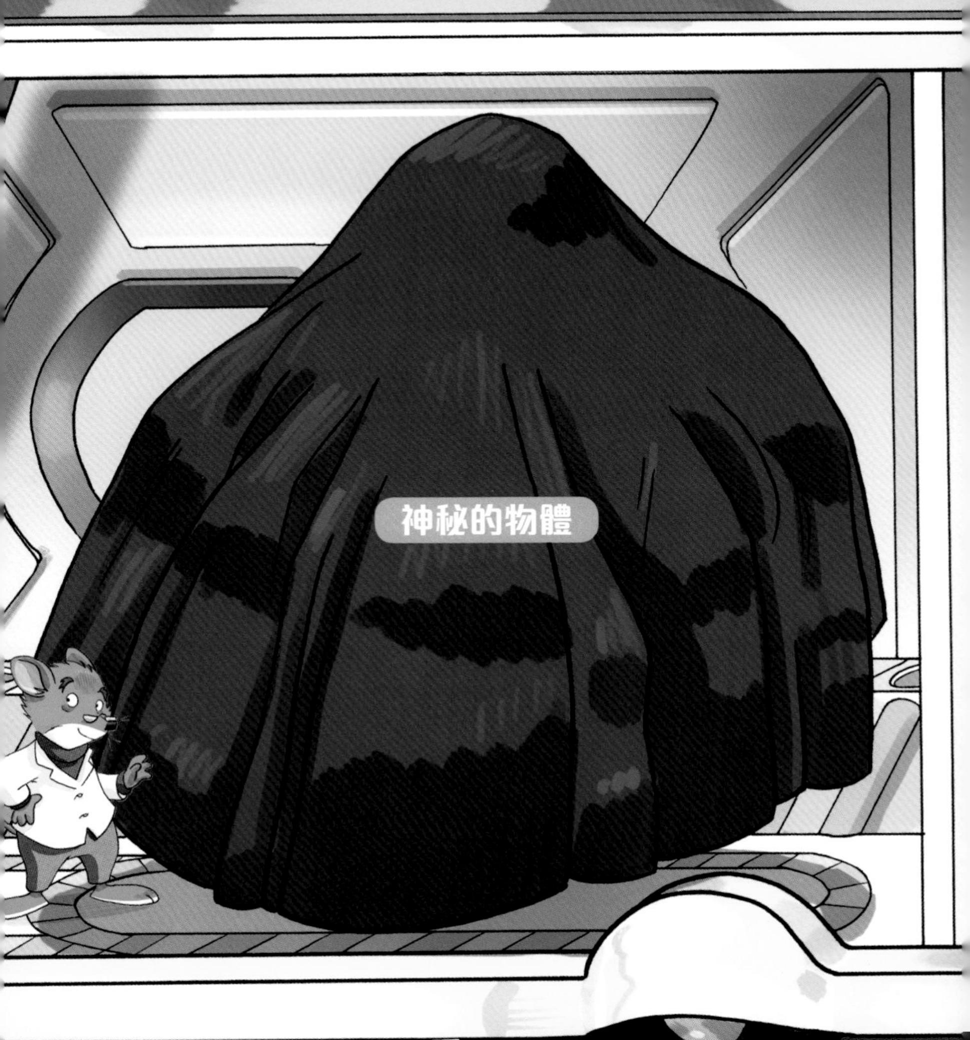

請翻到下一頁，看看露營車的其他部分吧！

太陽能板

露營車的第二部分

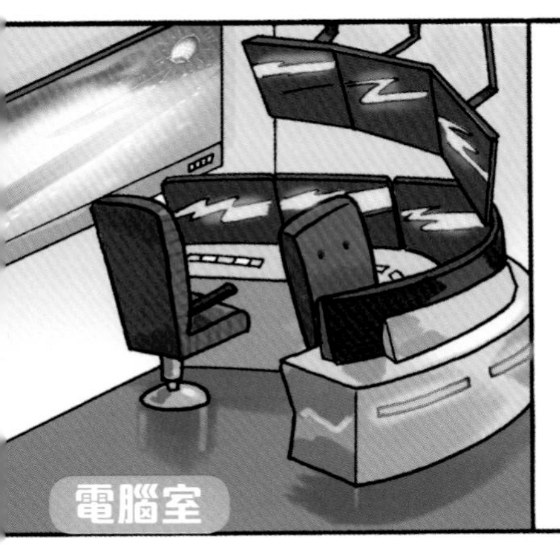

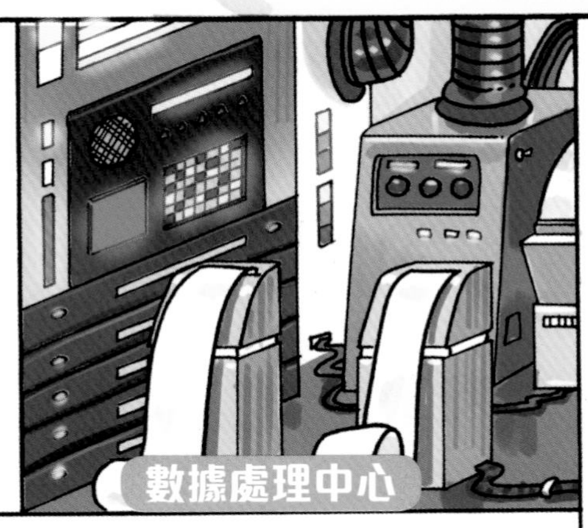

請翻到下一頁，看看露營車的其他部分吧！

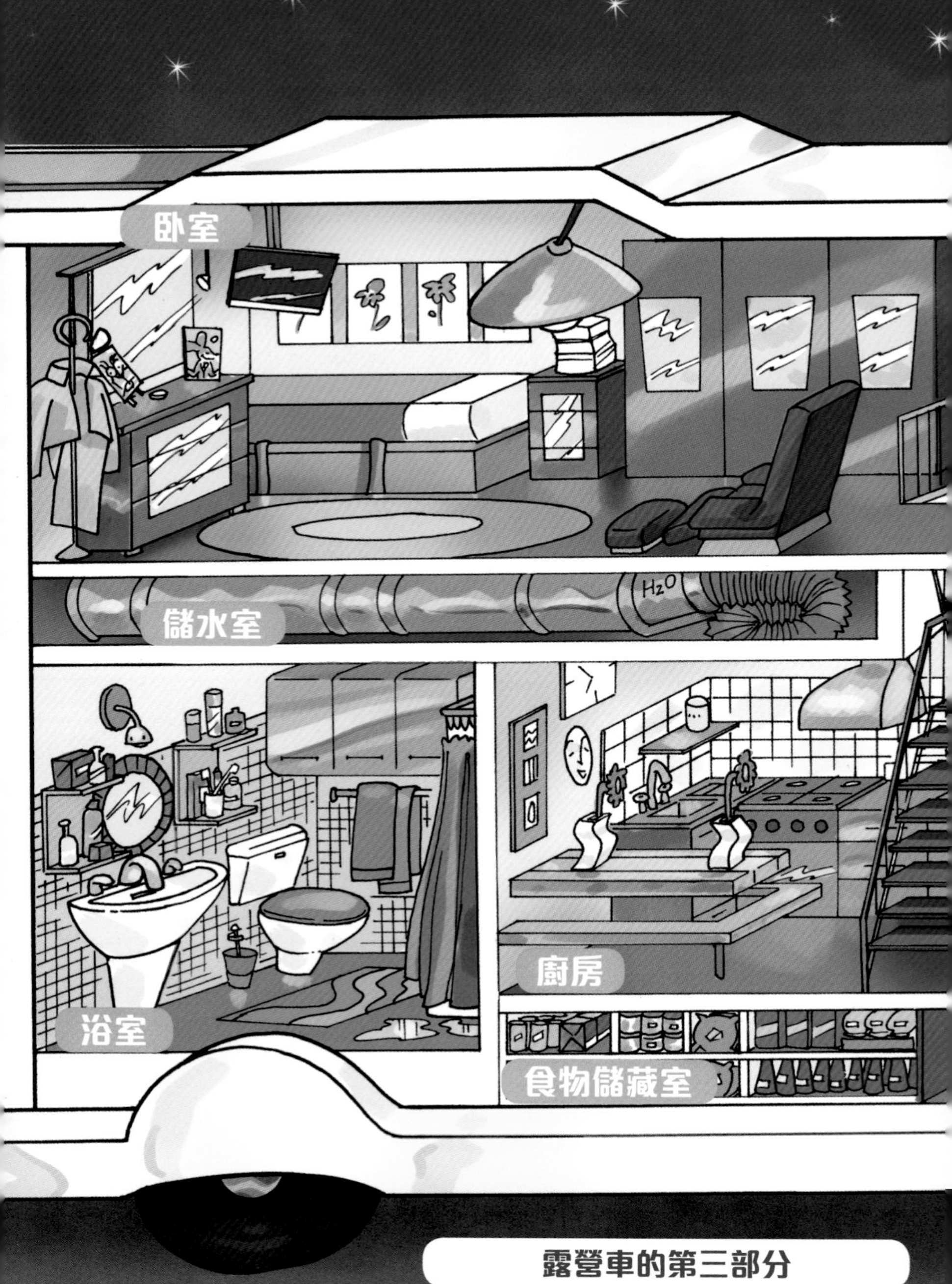
臥室
H_2O
儲水室
浴室
廚房
食物儲藏室
露營車的第三部分

名稱：	時光球
速度：	比光速快三倍
座位：	4個
重量：	以極輕的鈦金屬物料製成

絕密解構！
時光球

探測鏡，用於觀察外界環境

外界溫度探測儀

基座

輸送氧氣的管道

收回探測鏡
伸展探測鏡
基座下的噴氣式
火箭引擎

絕密解構！

時光球

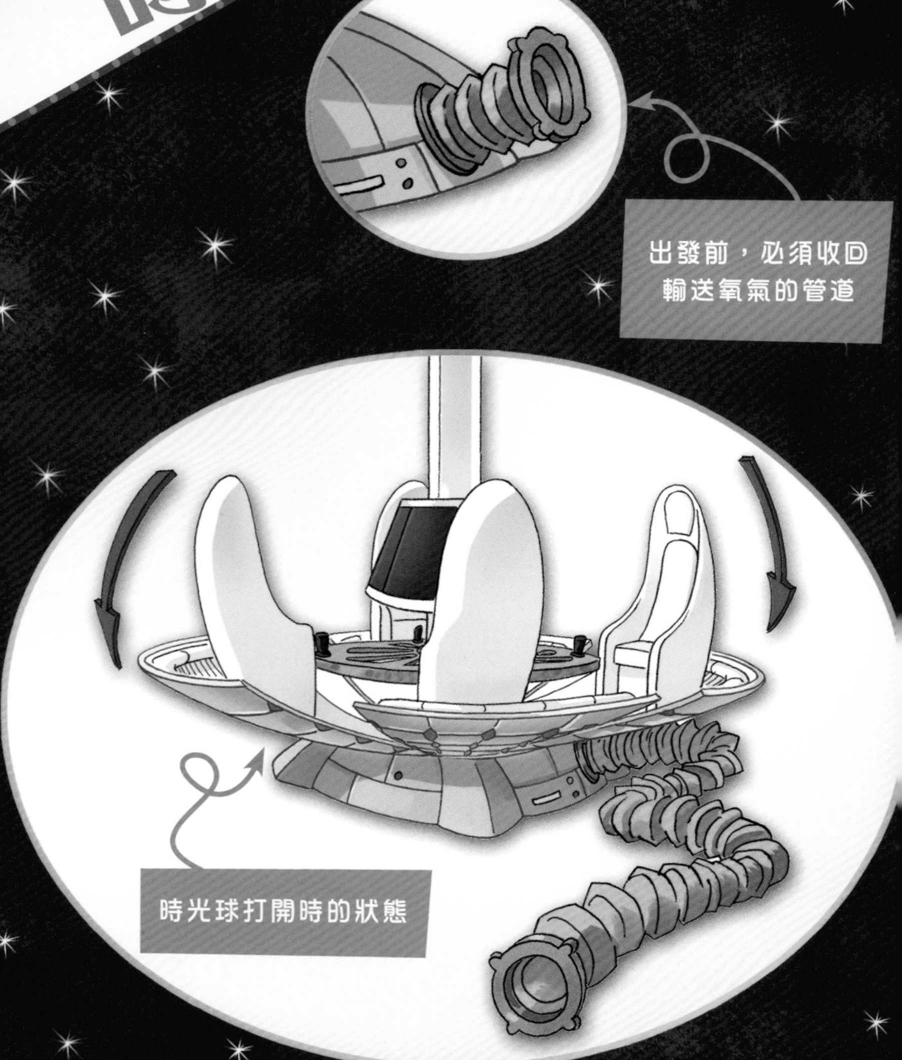

出發前，必須收回
輸送氧氣的管道

時光球打開時的狀態

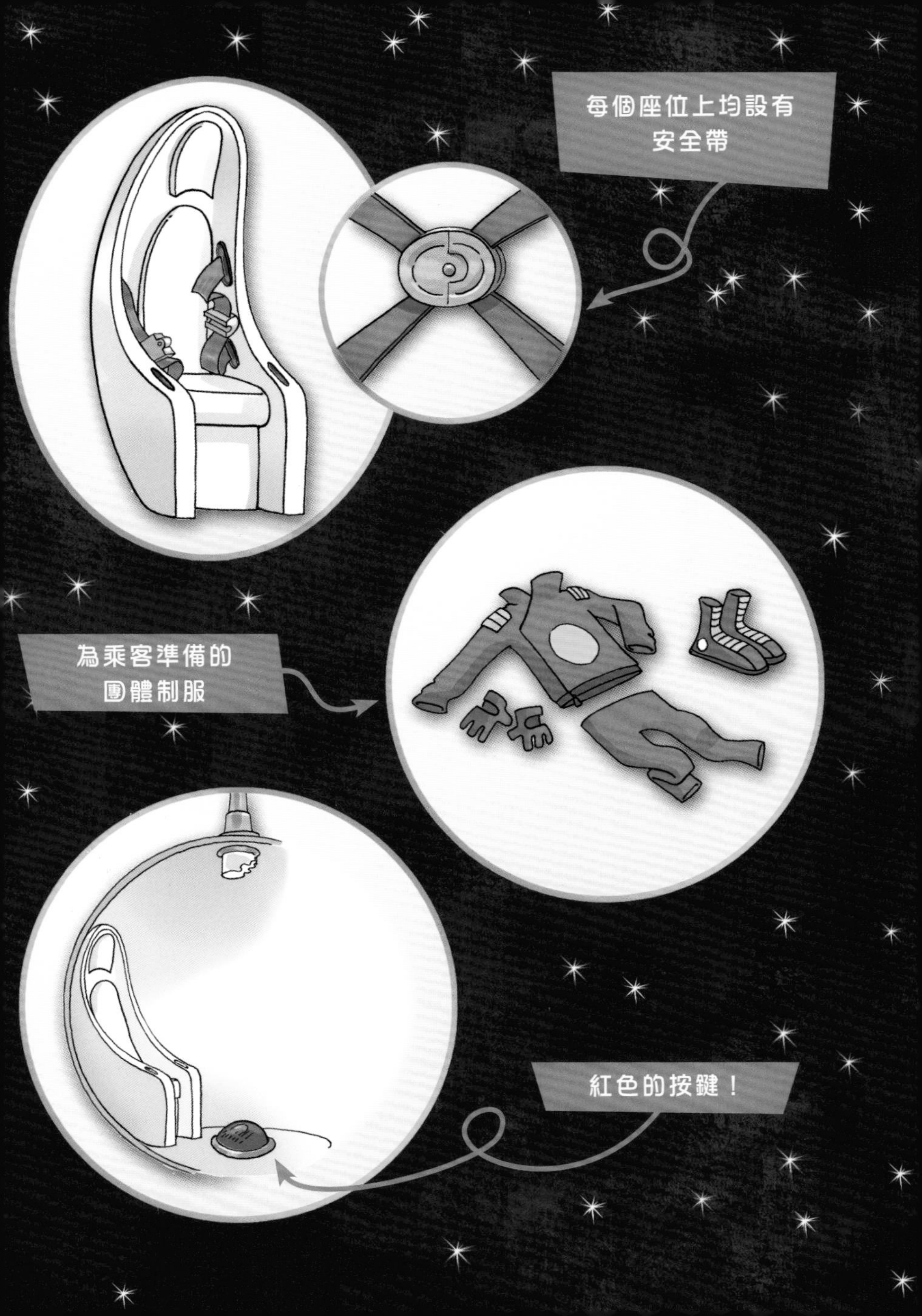
每個座位上均設有
安全帶
為乘客準備的
團體制服
紅色的按鍵！

不可思議的……超能腕錶Z！

伏特教授小聲說：「其實我還有另外一個不可思議的發明……」

我也跟着小聲說：「**那是什麼呢？**」

他悄悄地回答說：「**超能腕錶Z！**」

我好奇小聲問道：「**超能腕錶Z？**」

教授再次壓低聲音跟我說：「我現在拿出來給你看看……」

我低聲問道：「教授，我們這麼小聲說話是要做什麼呀？」

他憂心忡忡地四處張望，好像有誰在偷窺我們似的。「我知道說來好像很荒唐，你別見怪，謝利連摩。我總是擔心有鼠在**監視**我。我的發明很有可能被壞傢伙盯上，我不得不多加多加小心！」

教授打開保險箱，取出一個奇特的東西。

伏特教授把它戴在手腕上，一臉得意說道：「我向你隆重介紹**超能腕錶Z**！它其實是一款

功能非常強大的電腦，不同的是它的體積小巧，非常輕盈……你甚至可以把它戴在手腕上！目前我只製造了這一隻，我想讓你戴

在手腕上。它可以為你提供有關不同歷史時期的*信息*，你可以使用它*上網*、*拍照*、*錄影*，也可以把它當成*手機*和*電視*使用。此外，它還可以充當*衛星導航系統*，在不同歷史時期的不同地點為你進行導航定位。它依賴太陽能和風能來運作，因此不會污染環境。如果你按下這個特殊的隱身鍵，誰也無法看到你！它的工作原理是這樣的……

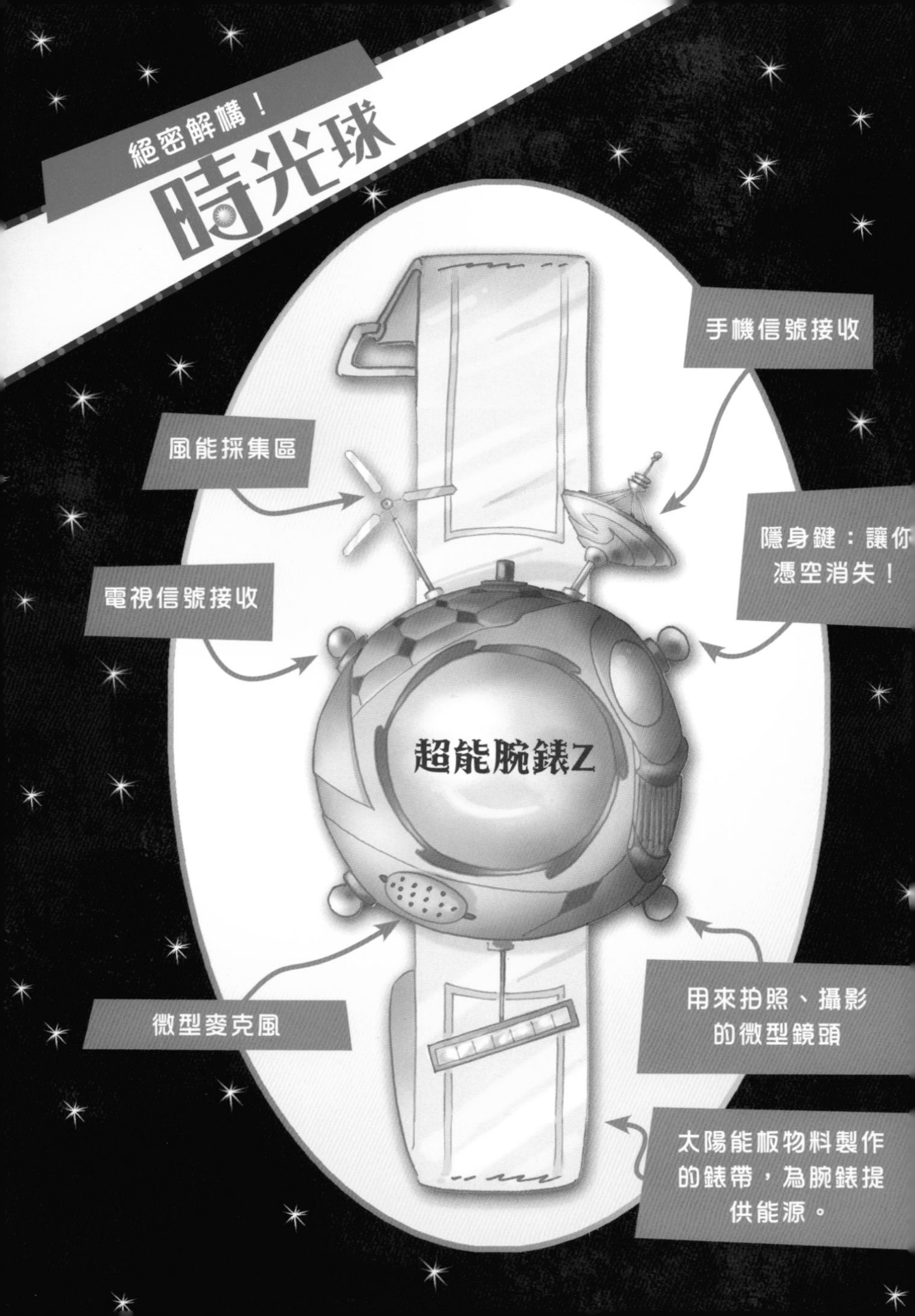
絕密解構！
時光球
手機信號接收
風能採集區
隱身鍵：讓你
憑空消失！
電視信號接收
超能腕錶Z
用來拍照、攝影
的微型鏡頭
微型麥克風
太陽能板物料製作
的錶帶，為腕錶提
供能源。

當你在穿越時空的旅程中，

要記住，

千萬不要隨便觸碰

這個紅色的

按鍵！

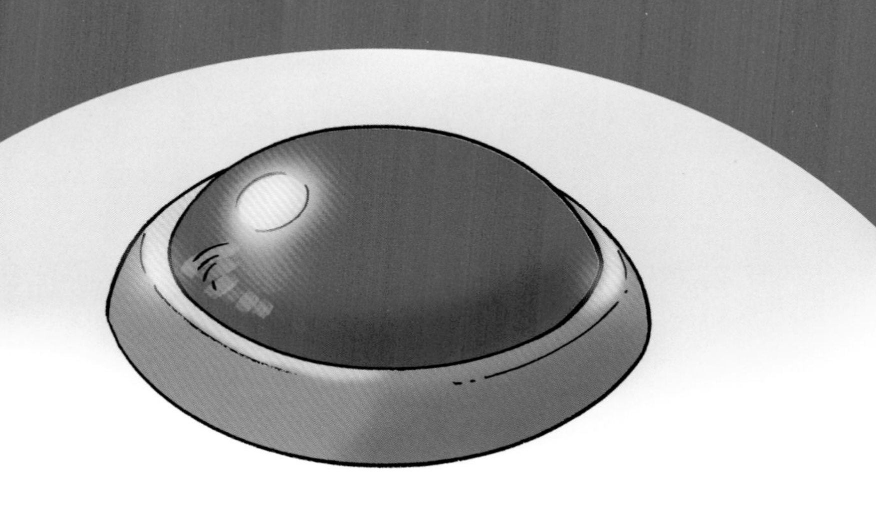

我們進入時光球坐好，然後繫上安全帶。

教授大聲問道：「準備好出發了嗎？**祝你們好運**，希望你們**身處困境也可以化險為夷！**」

時光球的艙口慢慢關閉，我突然想起教授還沒有給我們解釋為什麼不能隨便觸碰那個紅色的按鍵。

我大聲呼喊：「教——授！」

可是，一切太遲了，他聽不到我們的聲音了。

時光機內變得一片**漆 黑**。

我聽到一陣「嗡嗡」聲，接着時光球開始**震動**起來。它漸漸地旋轉起來，速度越來越快。

我不停地搖晃起來，接着有一股強大的壓力撲面而來！我感覺自己整個身體不能動彈，快要被壓迫進座椅裏去！我頭暈目眩了！

啊！四周都在天旋地轉轉轉轉轉轉轉轉轉轉轉

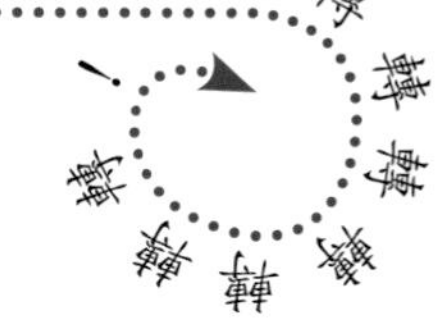

時光機開始震動，轉得越來越快……

我感到胃裏不停地翻騰，我感到十分**噁心**！

幸好，伏特教授早就料到了我們也許會身體不適，出現這種**暈眩不適**，在座椅下準備了嘔吐袋子！

終於，震動不再那麼劇烈，我的**超能腕錶Z**上顯示着：「接近目的地！」

不久，時光球停了下來，發出通知：「抵達目的地。古羅馬廣場。公元前45年10月10日。」

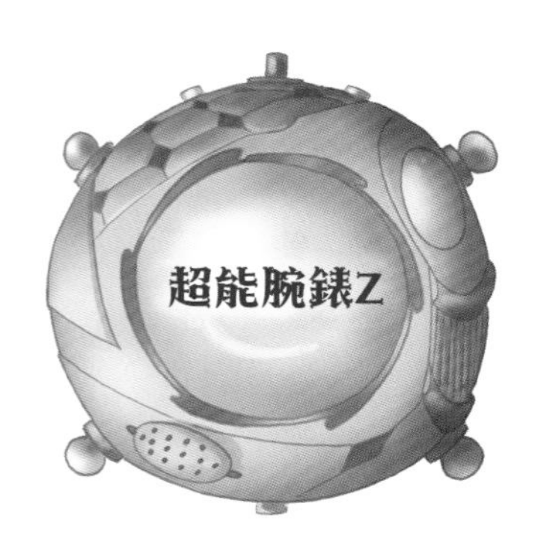

古羅馬時期

古羅馬的誕生

關於羅慕路斯和雷穆斯的傳說

根據傳説，雙胞胎兄弟羅慕路斯和雷穆斯被家人遺棄，不過他們被一隻母狼哺育，因此倖存下來。長大後的兄弟二人爭執不斷，最終羅慕路斯殺死了雷穆斯，建立了羅馬城，成為第一任國王。

根據傳説，羅馬王國的前七位國王分別是羅慕路斯、努馬·龐皮里烏斯、圖路斯·荷提里烏斯、安庫斯·瑪爾提烏斯、塔奎尼烏斯·布里斯庫斯、塞爾維烏斯·圖利烏斯、塔奎尼烏斯·蘇培布斯。

羅馬城的誕生

傳説中，羅馬城於公元前753年建立在帕拉蒂尼山上。羅馬城起初只是一個破落的村莊，不過在兩個世紀的時間內就發展成為一座由國王和元老院治理的城邦。

後來，國家權力落入到元老院手裏，君主制度自此走向了終點，羅馬共和國就這樣誕生了。

古羅馬人在整個地中海地區不斷擴張領土，尤利烏斯·凱撒發動的戰役又贏得了歐洲北部的土地。羅馬內戰結束後，羅馬變成了一個帝國（公元前27年）。羅馬帝國時期直到公元後476年才結束。

在古羅馬的領土上，人們使用多種不同的語言交流，不過唯一的官方語言是拉丁語。

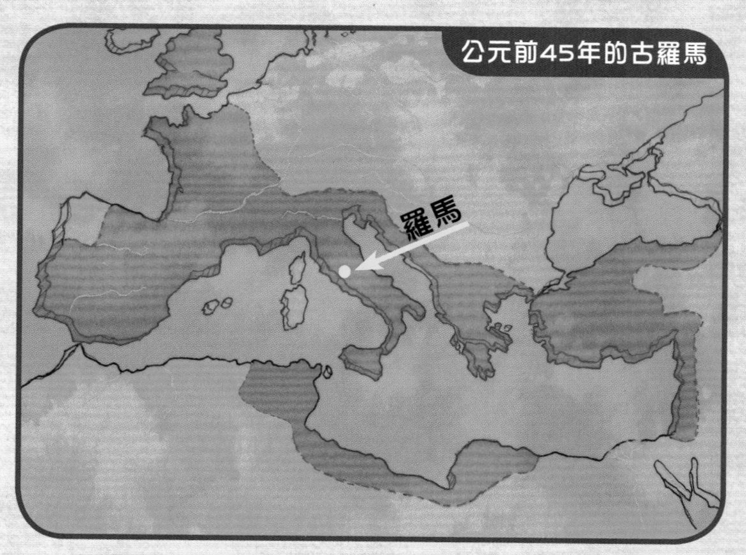

■ 尤利烏斯·凱撒時期的古羅馬疆土

紀念碑上頻繁出現的SPQR這四個英文字母，實際上是「Senatus Populusque Romanus」的縮寫詞，意思是：「羅馬元老院和人民」。

元老院由一百位議員組成。元老院議員是按照他們財富的多少而選出來的。

古羅馬時期建成的大部分橋樑、街道和水渠直到今天仍在使用！不過古羅馬人給我們留下的最寶貴的財富是他們的法律。古羅馬人制定這些法律時所遵循的原則在今天來看仍然切合社會道德。

古羅馬男性服裝

在正式的場合男性身穿托加長袍，是一塊可以將全身包裹起來的長條布料，不過穿起來並不是很舒服。

古羅馬男性日常穿着丘尼卡，他們在丘尼卡上面罩上一件斗篷或者加上一頂罩帽，再繫上腰帶。古羅馬男性認為褲子十分滑稽，所以從來不穿褲子！他們腳上穿着涼鞋，鞋帶一直綁到小腿上。他們頭上戴着麥稈編成的帽子。

男性也會炫耀手上的戒指。那時留短髮、理鬍鬚是強制的規範。剛出生的男孩和女孩都會收到一個護身符，這個護身符要一直帶在身上，直到他們長大成人。

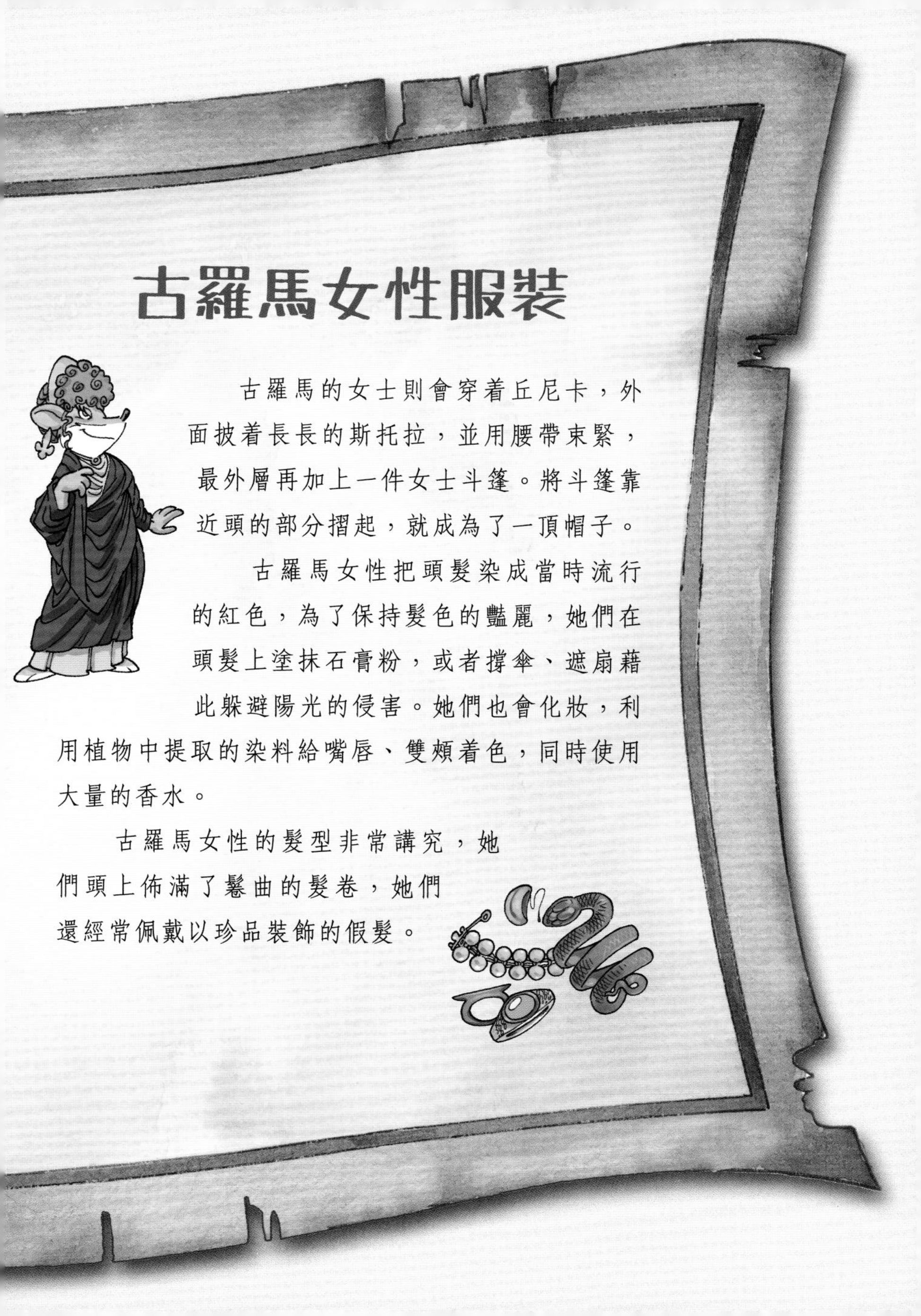

古羅馬女性服裝

古羅馬的女士則會穿着丘尼卡，外面披着長長的斯托拉，並用腰帶束緊，最外層再加上一件女士斗篷。將斗篷靠近頭的部分摺起，就成為了一頂帽子。

古羅馬女性把頭髮染成當時流行的紅色，為了保持髮色的豔麗，她們在頭髮上塗抹石膏粉，或者撐傘、遮扇藉此躲避陽光的侵害。她們也會化妝，利用植物中提取的染料給嘴唇、雙頰着色，同時使用大量的香水。

古羅馬女性的髮型非常講究，她們頭上佈滿了鬈曲的髮卷，她們還經常佩戴以珍品裝飾的假髮。

公元前45年……
古羅馬時代！

我們從**時光球**出來，大家都頭暈轉向，暈乎乎的。咕吱吱！真是難以置信啊！我們成功穿越時空，來到了公元前45年的古羅馬！

我們馬上換上了教授為我們準備的古羅馬時期**服裝**。然後，我們把時光球藏在一條幽暗的小巷子裏。

我提議道：「這樣吧，我們假裝來自**史提頓烏斯**家族。我們是做布料生意的，來到這兒是為了做買賣。」

古羅馬廣場

它是古羅馬時代的城市中心，也是古羅馬人重要的聚會場所。人們會在這裏見面、進行商業買賣、宣布重要的消息，或者討論時政等等。

公元前45年……   古羅馬時代！

賴皮高聲說：「各位，我們要表現得正常一點！尤其是你，謝利連摩，大家都知道……你的行為常常都奇奇怪怪的！」說着，他對我眨了眨眼，並用手爪抓我的尾巴**捉弄**我。

我不禁對他反白眼了，賴皮總是愛拿我來開玩笑！

我們向四周看了看，發現我們正身處**古羅馬廣場**呢！四周一片熱鬧！

嘩啦！
你好！
你好啊！
買一條吧！

茱諾女神①的恩典呀！是她把你們引到了我的路上！請你們來到我的多姆斯②做客吧，我要好好地答謝你們。」

我們一起抬起轎子，按照貴婦的指示，送她回家。最後，我們來到了一座**豪華**的宅邸。

這是一座典型的古羅馬多姆斯，整座房屋由珍貴的大理石建造而成，在牆壁和天花上的濕壁畫③和**馬賽克**裝飾。

女性地位

在古羅馬的社會裏，女性在經濟上依靠父親、丈夫或者男性近親。女性在家族中受人尊重，具有話語權。

②多姆斯：古羅馬時代的富裕階級的住宅。

③濕壁畫：一種繪製壁畫的技巧。在濕的灰泥牆壁上作畫，讓顏料的色彩混和於牆身，避免顏料氧化，因此更令顏料的色彩長久地保持鮮豔。

1
2
3
4
1. 門廊
2. 庭院中的蓄水池
3. 臥室
4. 浴室
5. 花園
6. 廚房
7. 客廳
8. 馬賽克壁畫
9. 瓦片屋頂
10. 濕壁畫
古羅馬時期的豪華住宅

9
8
7
10
5
6

馬賽克圖畫

在古羅馬的建築裏，我們常常會發現許多美麗的馬賽克圖畫。人們以不同顏色的小石塊、玻璃塊或小瓷磚來拼成不同的圖案，鑲嵌成一幅畫。小朋友，你也可以試試製作一幅馬賽克圖畫呢！

所需材料：

- 1張白色硬卡紙
- 5種顏色紙：紅色、淺藍色、深藍色、黃色、白色
- 1枝鉛筆
- 1把尺子
- 1把剪刀
- 1支白膠漿

Ⅰ 在白色硬卡紙上，用鉛筆在上面畫上構圖，勾畫出一輪彎月和一朵白雲。

Ⅱ 在顏色紙上，如圖示，用鉛筆在紙上平均地畫上橫線，每隔1厘米畫上一條橫線，如此類推；然後，再每隔1厘米畫上一條直線，重複步驟。這樣，你就會把整張紙平均分成了許許多多大小相等的小方塊了。

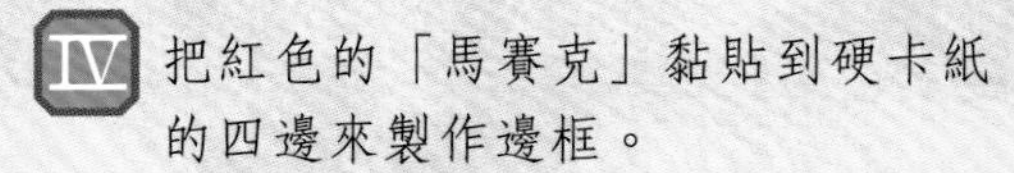

Ⅲ 用剪刀把每張顏色紙上的小方塊剪下來，這些小方格就成為你的「馬賽克」了。

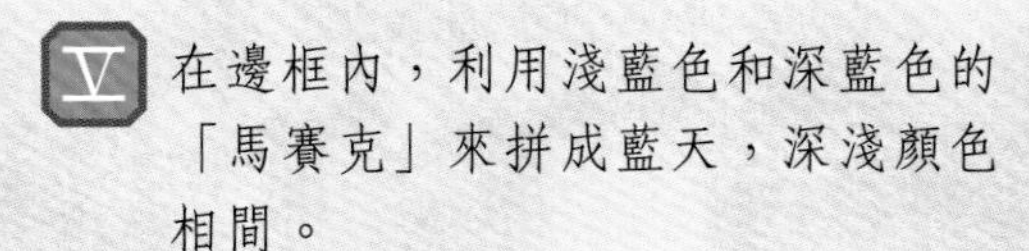

Ⅳ 把紅色的「馬賽克」黏貼到硬卡紙的四邊來製作邊框。

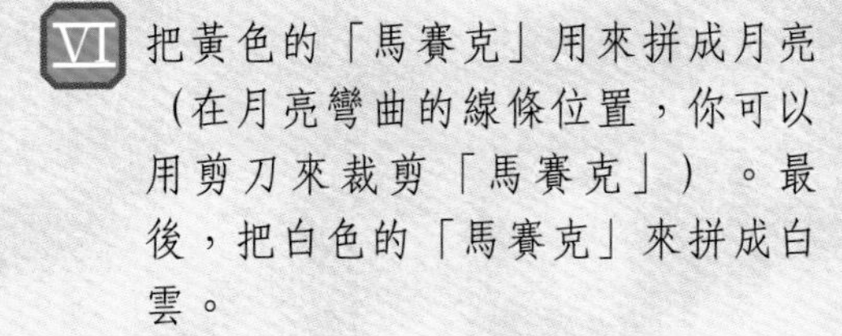

Ⅴ 在邊框內，利用淺藍色和深藍色的「馬賽克」來拼成藍天，深淺顏色相間。

Ⅵ 把黃色的「馬賽克」用來拼成月亮（在月亮彎曲的線條位置，你可以用剪刀來裁剪「馬賽克」）。最後，把白色的「馬賽克」來拼成白雲。

這樣就做好一幅精美的馬賽克圖畫了！

到凱斯·鼠利亞努斯·穆斯宗裏做客

我們來到了一座華麗的大宅前，大門旁邊有一幅馬賽克畫告示：

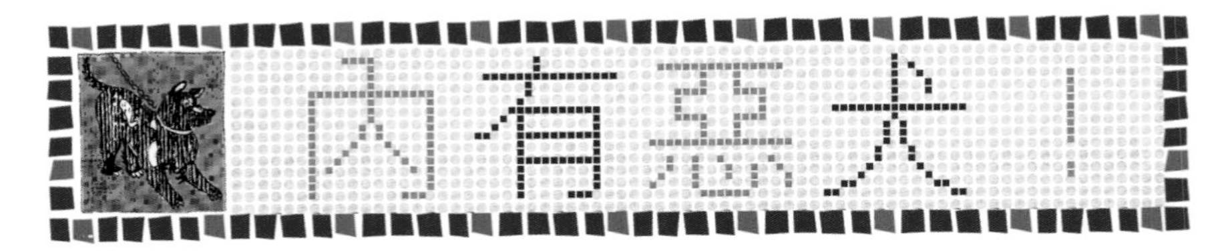

我們進入了庭院裏。院子中有一個用來收集雨水的蓄水池。

庭院的左邊的建築是臥室。

在這座偌大的房子裏，浴室設有私人溫泉浴池。旁邊還設有美麗的花園，讓鼠可以在那裏乘涼散步，呼吸新鮮空氣。

我們經過廚房，來到了**客廳**。

在客廳裏，一個古羅馬貴族朝我們大步走來，

他大聲呼喊道：「龐蓓！我心愛的妻子❤！」

那位貴婦人高聲呼喊道：「親愛的鼠利亞努斯，這位先生救了我一命！他叫做……」

我自我介紹：「我的名字是**謝利連穆斯・史提頓烏斯！**」

鼠利亞努斯有些懷疑地問道：「呃，你從哪裏來？你是**蠻族**嗎？」

「嗯，尊貴的鼠利亞努斯，我來自羅馬城的奧斯提亞……」

幸好，這時候龐蓓插話道：「我的丈夫，我們舉辦一個宴會吧，就當**慶祝**我平安歸來！」

於是，我們舒舒服服地坐在沙發上，享受接待。

蠻族和古羅馬公民

蠻族的意思是指一些野蠻、不文明、沒有文化的人，或是外來的人。在古羅馬的領土上，生活着眾多蠻族，他們享有的權利有限，無法和古羅馬公民相比。在古羅馬，當一名公民既可以享有特權，又是一種莫大的榮耀。

SPQR

僕人們忙來忙去，用**金盤子**或**銀盤子**端着**美味**的食物和香甜的秋季水果給大家。

然後，他們又給我們奉上飲料，在金屬或陶土製造的酒杯裏倒入飲品。

他們準備了豐盛餐飲，有很多**奇怪**的食物啊！*（咕吱吱，真可惜沒有乳酪呢！）*我們吃了半熟水煮蛋配松子醬、野豬**烤肉**、清燉鴕鳥、烤嫩牛肉……還有一些**海鮮**，例如貝類餡餅和**蜂蜜**龍蝦！

賴皮心滿意足，吃得捧着肚子說道：「在這裏可以直接用手爪吃飯，真是太好了！」

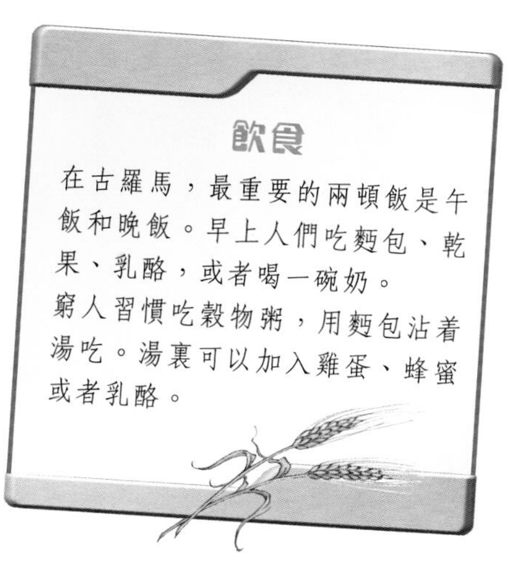

飲食

在古羅馬，最重要的兩頓飯是午飯和晚飯。早上人們吃麪包、乾果、乳酪，或者喝一碗奶。窮人習慣吃穀物粥，用麪包沾着湯吃。湯裏可以加入雞蛋、蜂蜜或者乳酪。

我歎了口氣：「呃，的確是這樣……可惜，在這個時期，餐巾還未出現。」

賴皮嘴裏嚼着東西，湊到我身邊來説：「我能用你的托加長袍擦擦手爪嗎？」

我尖聲叫道：「那可不行！！」②

他自顧自吃着東西，我遞給他一個金色的**水盆**。水盆裏裝的水**香噴噴**的，上面還飄着花瓣。「給你水盆！」③

賴皮喝掉盆裏的水，説：「謝謝你，真是太好喝了！」我尖叫起來：「你做了些什麼？」④

他皺皺鼻子，一臉無辜地説：「呃，我以為是飲料！」

我解釋道：「那是用來洗手的！」

1
在這裏可以直接
用手爪吃飯！
呃，是的。
2
我能用來擦擦手嗎？
那可不行！！
3
嘖嘖嘖！
給你水盆！
4
謝謝你，太好喝了！
你做了些什麼？
5
我以為是飲料！
不是啊！！！！
6
嗝！
真是太丟臉了！

賴皮打了個飽嗝：「嗝——！這盆水還能助消化！」

我不禁反白眼，搖搖頭，說：「真是太丟臉了！」⑥

各種各樣的菜餚接連奉上，我們就這樣一直吃了好幾個小時，最後終於奉上了甜品，蜂蜜無花果蛋糕！我們都吃得打着飽嗝，撐着肚子了！

鼠利亞努斯熱情地邀請我們在他家裏過夜。我們非常感激他，能結交到新朋友真是一件美事呀！

誰知道明天又會發生哪些奇遇？我非常睏倦，已經沒精力去細想了……於是，我才剛碰到枕頭上就馬上睡着了……*呼嚕呼嚕！*

一起來做佛卡夏麪包！

古羅馬人常常會吃麪包，小朋友，我們一起來試試製作佛卡夏麪包吧！佛卡夏麪包源自意大利，充滿橄欖油的香氣，質感鬆厚香軟。

所需材料：

- 250克高筋麪粉
- 25克橄欖油
- 200毫升溫水
- 少許海鹽

（如果你想麪包更美味，你可以隨意加入適量的香草或蒜末、小番茄或黑橄欖油作配料！）

動手之前，記得要先清潔雙手呀！

I 將高筋麪粉倒在工作台（你也可以先在一個大碗中混合材料）上，在中間加入鹽和油。

II 用手均勻地混合材料，分幾次逐少添加溫水，直到揉出一個粗糙的麪團。拿起麪團用力甩打在桌上，然後對摺；重複甩打和對摺揉麪的動作，直至麪團變得光滑柔軟、有彈性且不黏手，便把它靜置於溫暖潮濕處作發酵，大概2小時。然後，取出麪團，用手擠出裏面的空氣，再滾圓，收口朝下，讓它鬆弛10分鐘。

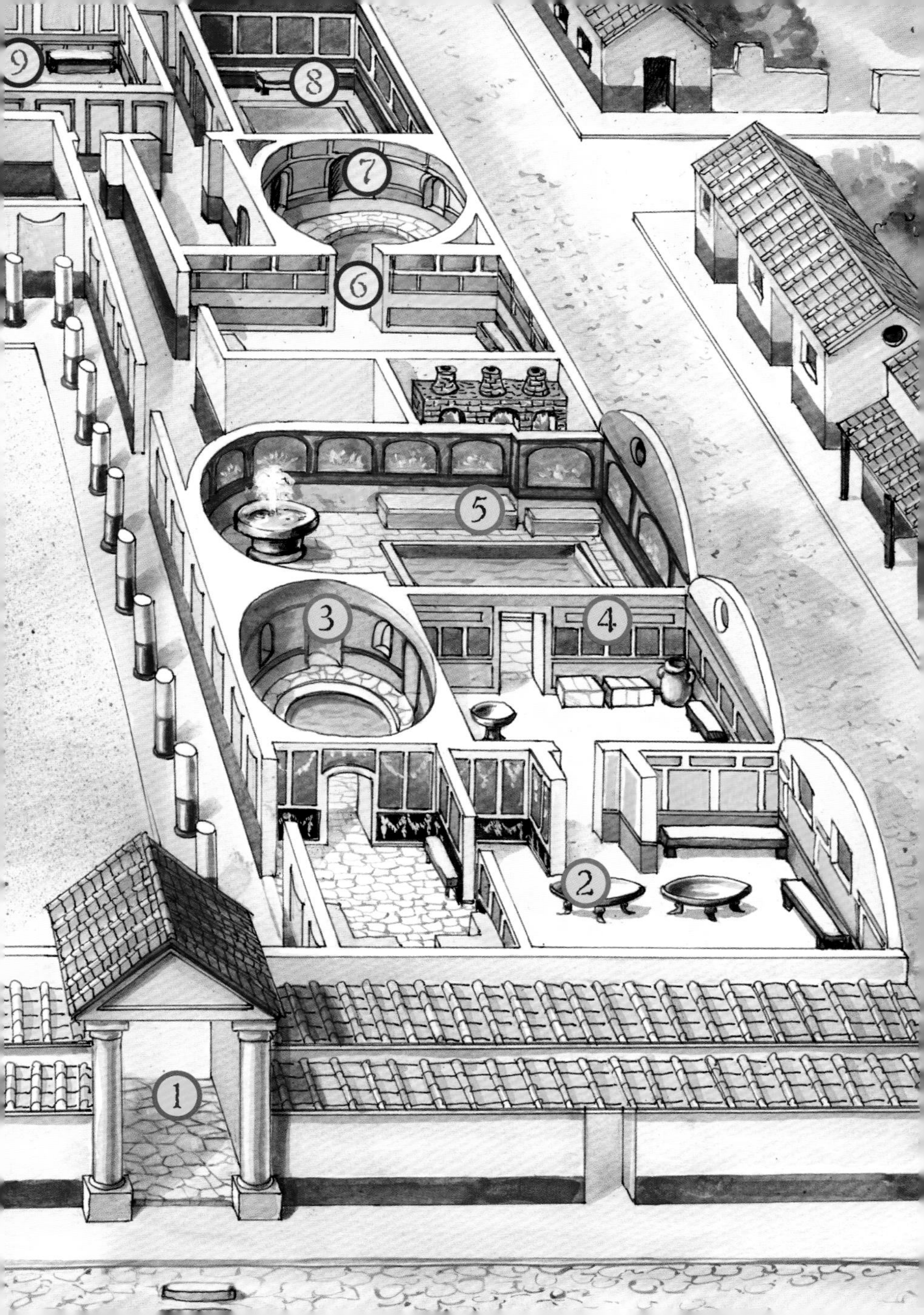
9
8
7
6
5
3
4
2
1

呃……
啊啊啊！
救命啊啊啊啊！
吱吱吱！
吱呀呀呀！
謝利連摩

公眾 浴場

布魯圖斯，首先把我帶到更衣室，要換上了一件細小的浴袍，真是可笑！（*我覺得太太太小了！*）。①

接着，他把我關在一個炎熱的桑拿房間裏，透過熱蒸汽讓我排汗，淨化身體。（*我覺得太太太熱了！*）②

然後，他把我推到一個冰冷的浴室裏（*我覺得太太太冷了！*）。③

他再用一把硬梆梆的刷子給我刷毛（*我覺得刷毛實在是太太太硬了！*）。④

洗澡過後，他又大力給我按摩（*我覺得他太太太大力了*）。⑤

最後，我就這樣嚇得躲在一個很大的陶罐子旁，直到鼠利亞努斯過來找我，我才跳出來。⑥

我們回到鼠利亞努斯的住處，菲、賴皮、班哲文才剛剛起牀。他們打着呵欠問我：「謝利連摩，你在公眾浴場玩得開心嗎？」

我嘟噥着說：「絕對是一次難以忘懷的體驗！」

朋友，我們來救你！

在古羅馬，雖然已經十月分了，但是中午的時候天氣還是**熱得可怕**！

我打算和我的家鼠們在外面散散步。

我們經過一處農場，看到一隻奴鼠緩慢地推着石磨，正在研磨**橄欖**。

他的主人站在一邊，手中的鞭子揮得「嗖嗖」作響，大聲呼喝：「動作快些！你這隻奴鼠！」

我跑過去，想要幫助他。我氣憤地抗議道：「你在幹什麼？快停手！你這樣對待他，不覺得**羞恥**嗎？」

話音剛落，那隻奴鼠就**暈倒**在地。

他的主人嗤笑道：「他只不過是一隻**奴鼠**！明天我就把他賣掉！你這麼心疼他，可以把他買走！要不然，你把他們一家全買走好了！」

你在幹什麼？
動作快些！
你這隻奴鼠！

他氣沖沖地回到屋裏去了。我向那隻**可憐鼠**問道：「朋友，我能為你做些什麼嗎？」

他張開乾裂的嘴唇，結結巴巴地呻吟說：「水……」

我給他喝了點水。他低聲說道：「感謝你！善良的鼠，我叫馬庫斯。別在我身上浪費時間了，我只是一個無足輕重的、可憐的奴鼠！」

馬庫斯向我們講述了他的遭遇。

他淒然地說：「我原本擁有一家小小的葡萄

園，有幸福的家庭。有一年這裏沒有下過雨，導致農作物失收。因為我沒錢交稅，最後我和我的家鼠們一起淪落為奴鼠。」說着，他悲傷地哭起來了，「我的妻子莉西亞，還有我的七個孩子，明天下午就會被送到奴鼠市場上賣掉！」

班哲文感概地說道：「我非常同情你，馬庫斯！」

他擦乾淚水：「你知道嗎？我有一個兒子，他跟你一樣大。」

他再次去推起石磨，說：「奴鼠是沒有任何權利的，連交朋友的權利都沒有！別為我這個可憐的、不幸的鼠浪費時間了。」

我憤慨地說道：「我們必須幫助他！」

菲小聲說道：「應該幫助，不過我們需要錢。」

班哲文點頭說：「對，要很多很多錢！」

酒館

古羅馬的飯店很少，酒館倒是隨處可見（不過酒館的名聲不太好）。當時還有thermopolia，也就是可以直接買到熱乎乎的食物然後帶回家吃的那種商店，這有點類似我們今天的外賣餐廳。

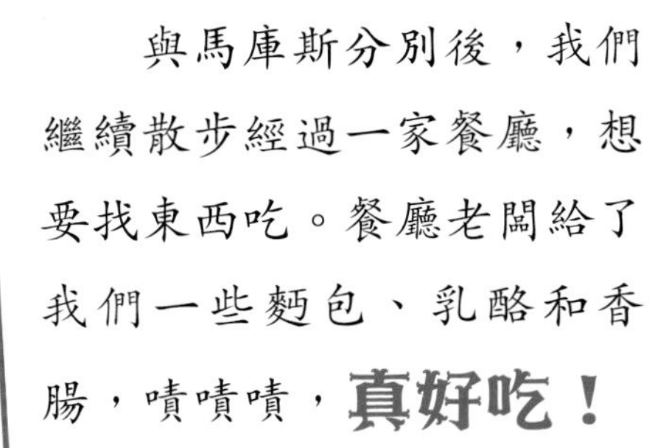

與馬庫斯分別後，我們繼續散步經過一家餐廳，想要找東西吃。餐廳老闆給了我們一些麪包、乳酪和香腸，嘖嘖嘖，**真好吃！**

突然，我們聽見一陣喇叭聲，一位傳令官宣布說：「明天早上，在馬克西穆斯競技場上即將舉辦一場**盛大的戰車比賽！**參賽者必需自行配備馬匹和馬車，在場地裏挑戰進行危險刺激的馬車競速比賽，優勝者將獲得尊貴的凱撒大帝賞賜500塊**金幣**作為獎勵！」

賴皮叫了起來：「有辦法了！明天早上我們找一隻鼠參加這場比賽，獲勝後就可以

給馬爾庫贖身了。找一隻鼠……就是你了，***謝利連摩！***」

我驚叫道：「*我*？為什麼總是*我*？」

為什麼是我？

菲歎了口氣，說：「你應該感到開心。想想，你*要是*贏了，那是多麼**光榮**啊！」

我嘀咕着說：「我和你的想法不一樣。我*要是*輸了，那該多**丟臉**啊！」

班哲文扯了扯我的丘尼卡，說：

「叔叔，求求你！*求求你！求求你！*為我贏出這場比賽吧！」

一隻趾高氣揚的老鼠

第二天清早，我們買了一件**盔甲**、一輛**戰車**，還有兩匹**馬**……因為我們手上的錢不多，所以能買到兩匹年老的瘦馬！

看着這些裝備，我都不禁擔憂起來，心想：我怎會有機會勝出呢？要是我能跑畢全程已經是十分幸運了！

比賽開始前，賴皮給我搥腿揉肩，説：「表哥，你保持隊尾的位置就好。到了倒數第二圈時開始衝刺，在最後一圈時要衝到最前；當距離**終點**一百米時，只要全力以赴，你一定可以贏出這場比賽！」

我不禁驚慌地**尖叫**起來：「我們輸定了！」

賴皮逗我説：「為了**激勵**你的士氣，我給你講幾個**笑話**吧……」

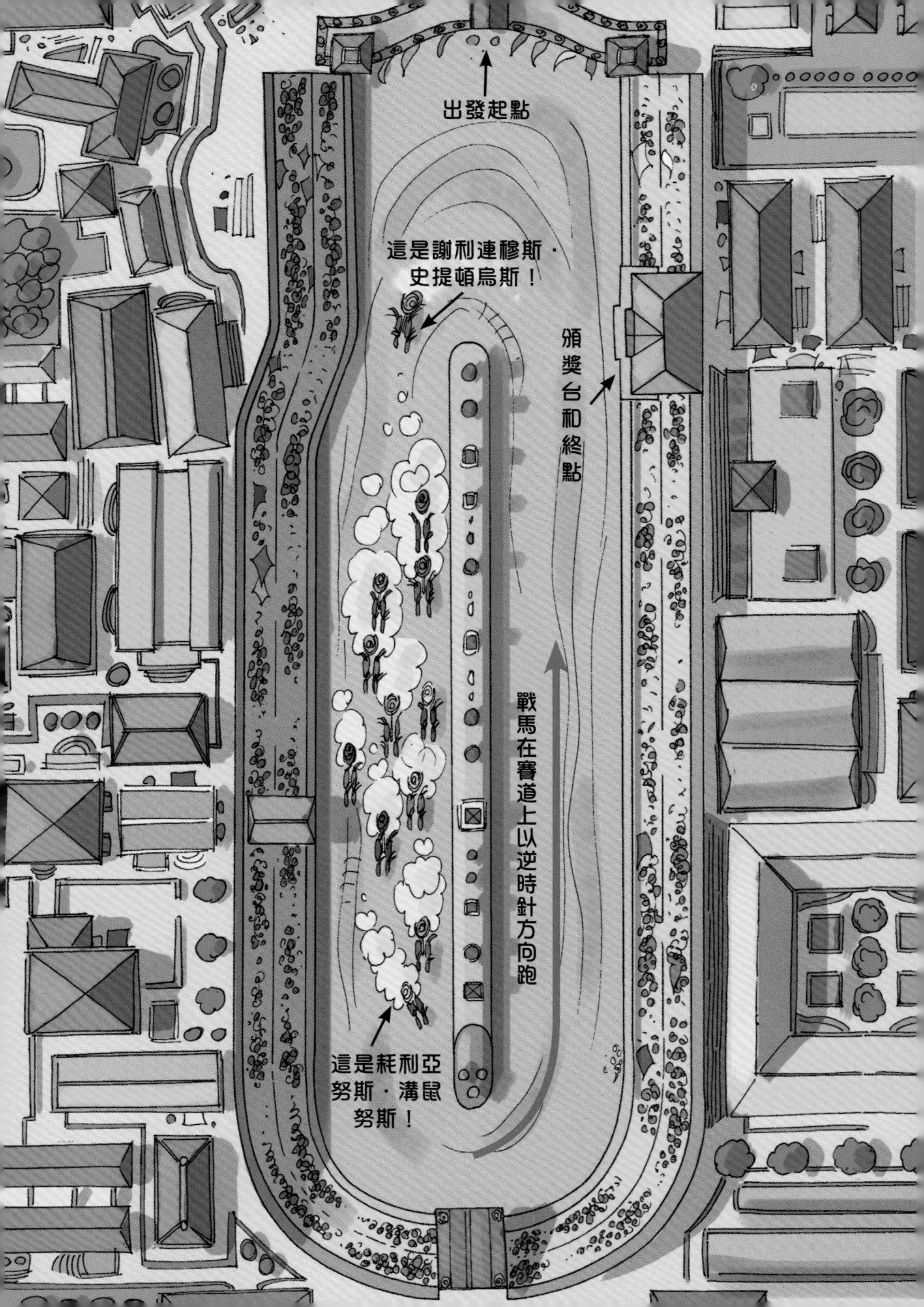
出發起點
這是謝利連穆斯·
史提頓烏斯！
頒獎台和終點
戰馬在賽道上以逆時針方向跑
這是耗利亞
努斯·溝鼠
努斯！

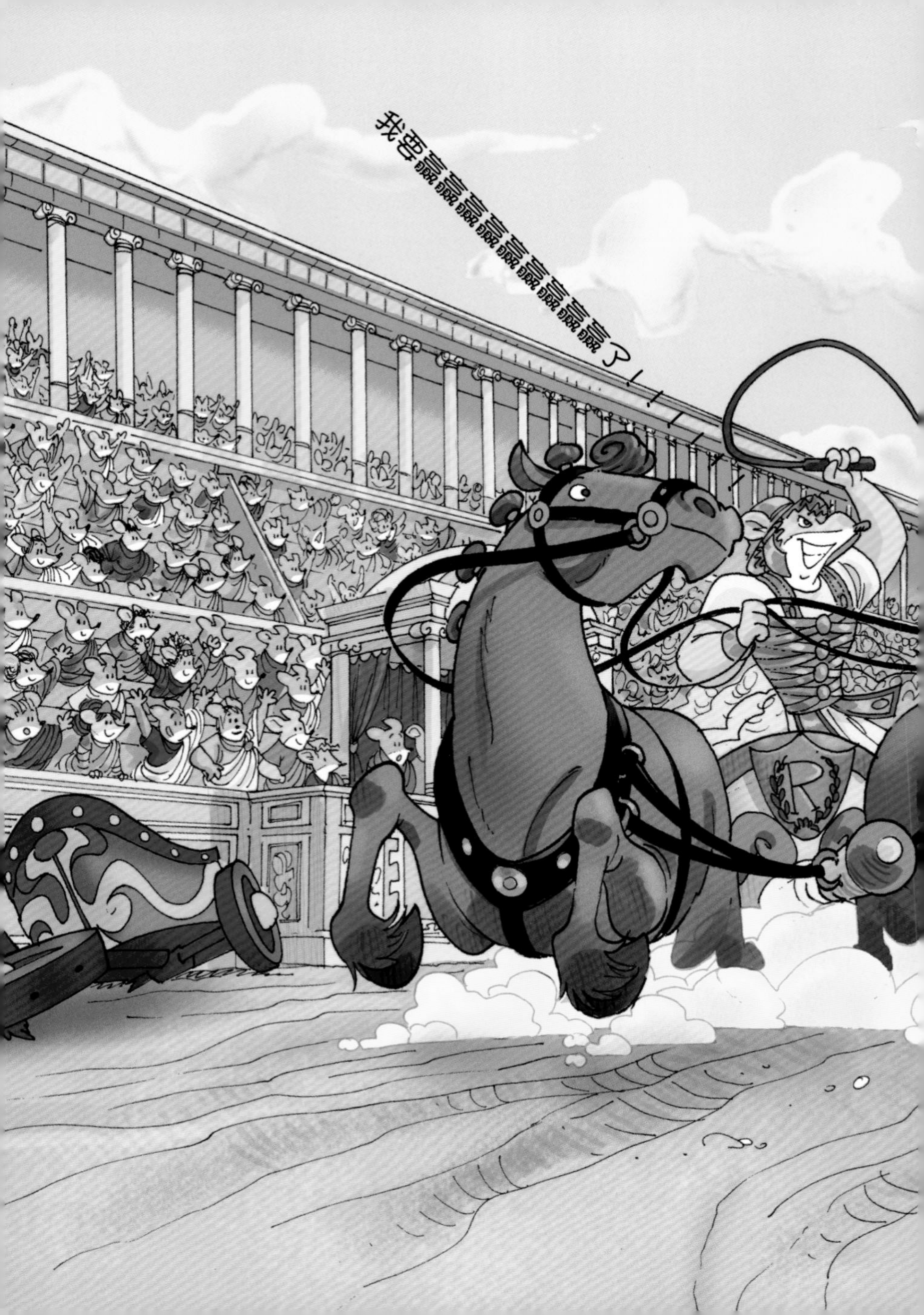
我要贏贏贏贏贏贏贏贏贏了!!!!!!

到底是誰逼我來參加比賽的？

他盯着我，高聲**吆喝**道：「放馬過來呀，平民！」

他揮起鞭子，毫不留情地抽打他的戰馬。

咕吱吱！我真的是非常非常非常害怕啊！

這時，觀眾席上傳來一聲吶喊：

「加油啊，謝利連摩叔叔！」

啊！那是班哲文為我打氣呢！

我並沒有鞭打我的戰馬。我撫摸牠們，鼓勵說：「朋友們，我對你們充滿信心！我知道你們能夠做到的！***我們一起贏出這場比賽吧！***」

我的戰馬開始奮力加速。

距離比賽結束只差最後一圈了！

耗利亞努斯使盡渾身解數，不過我絕不會輕易

放棄！

終點就在我們眼前……我加快速度……趕超過去……耗利亞努斯的臉氣得**發綠**。

他把我擠到賽道旁的牆上，接着我聽到一陣「吱嘎」聲。他想把我壓撞在護牆上！

觀眾們抽了一口涼氣，發出一陣驚呼：「啊不——！」

於是，我**勒緊**韁繩，讓我的戰馬放慢速度，這樣我從耗利亞努斯的壓迫中掙脫出來！

之後，我從右邊趕超過去，再次加速，最終在沸騰的歡呼聲中衝過終點：「太厲害了！謝利連穆斯·史提頓烏斯！」

你真是一隻勇氣可嘉的老鼠！

我來到頒獎台前，尤利烏斯．凱撒用**銳利的目光**打量着我。

他低聲說道：「看在**天神朱庇特**的份上，我無法想像耗利亞努斯．溝鼠努斯在這個賽事中會被打敗，更無法想像他被一個外來鼠打敗！」

凱撒抬了抬眼睛：「你叫什麼名字？」

我吞了吞口水……凱撒大帝不會生氣了吧？

他那雙冷冰冰的眼睛讓我不由得想到薄荷味的**雪條**。他的目光像鋼鐵一樣堅定，像鑽頭一樣具有穿透力，這讓我感到不自在。

我結結巴巴回答道：「我的名字是*謝利*……不對不對，是……我是*謝利連穆斯．史提頓烏斯*！」

他**盯着**我看，**盯着**一直在**盯着**我。我不禁想低下頭，不過我控制住了自己。

尤利烏斯・凱撒

他生於尤利烏斯貴族家庭，與龐培、克拉蘇在羅馬結成前三頭同盟。他在《高盧戰記》中講述了自己在高盧作戰的經過。

公元前49年，元老院懼怕凱撒的勢力，於是命令他放棄軍隊的領導權。凱撒對此不屑一顧，他穿過盧比孔河，衝向羅馬城，並發動了一場內戰，最終打敗了龐培，成為古羅馬最有權勢的人物。

公元前44年3月15日，他被布魯圖、卡西烏斯在內的元老院成員刺殺身亡。

豎起大拇指向上：生！

我對望着凱撒大帝，不知這樣過了多久。

他突然微笑道：「你真是一隻**勇氣可嘉**的老鼠！我喜歡有勇氣的傢伙。」

然後，他漫不經心地問道：「你的對手，你想怎麼處置他？他的生死由你決定！」

說着，凱撒大帝伸出手，比畫：如果他**豎起大拇指向上**，耗利亞努斯就能活下來，如果他**大拇指向**……耗利亞努斯就難逃一死。

大拇指向下：死！

咕吱吱！凱撒大帝給予我決定敗者的生死**權力**！

四周突然一片肅靜，在場的所有鼠都在等待我的答覆。

我堅定地宣布道：「我請求饒他一命！」

他點頭讚許說：「你勇氣過人，又**寬宏大度**！」

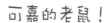

凱撒大帝把**月桂樹葉**編成的桂冠戴在我的頭上。

然後，他對民眾宣布說：「讓我們為謝利連穆斯・史提頓烏斯歡呼吧！」

大家紛紛起立，馬克西穆斯競技場上響起了一片響亮的掌聲和歡呼聲：

「萬歲！萬歲！！！」

桂冠

桂冠並不值錢，其意義卻比金子還珍貴：看到頭戴桂冠的英雄，連元老院的議員都不得不起立致敬！這一榮譽只賜給有特殊功績的人。

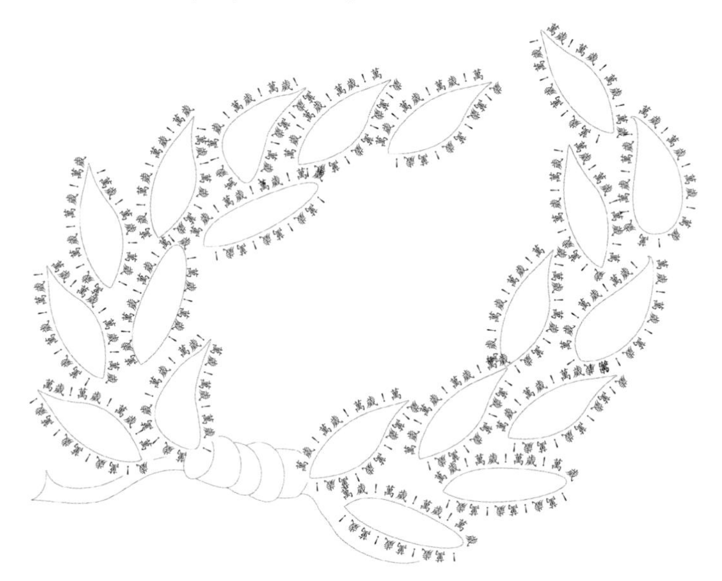

萬歲！
萬歲！
萬歲！
萬歲！
萬歲！
萬歲！
萬歲！
萬歲！
萬歲！
萬歲！
萬歲！
萬歲！
萬歲！

萬歲！
萬歲！
做得好！

桂冠

在羅馬帝國時代，人們把月桂樹葉編織成圈狀成為頭冠，以顯示給競技優勝者、戰爭英雄等人頒授榮譽。小朋友，我們一起來試試製作你的專屬桂冠吧！

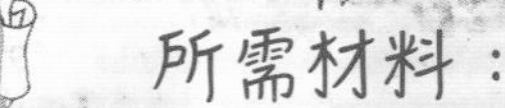

所需材料：

- 1張棕色卡紙
- 1張綠色卡紙
- 1把軟尺
- 1個釘書機
- 1枝棕色水筆
- 1支白膠漿
- 1把剪刀
- 1束細長的紅色絲帶

Ⅰ 請大人幫忙利用軟尺來量度你的頭圍。

Ⅱ 在棕色卡紙（紙的長度應該比你的頭圍長）上剪出一條2厘米闊、和你頭圍一樣長的紙帶，作為頭冠的主體。

Ⅲ 在綠色卡紙上，勾畫出月桂葉子外框線條（要畫滿整張紙）。

Ⅳ 用剪刀剪下月桂樹葉。

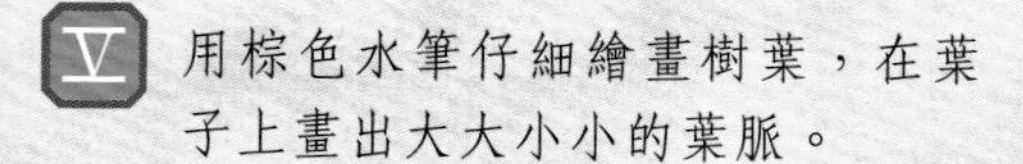

Ⅴ 用棕色水筆仔細繪畫樹葉，在葉子上畫出大大小小的葉脈。

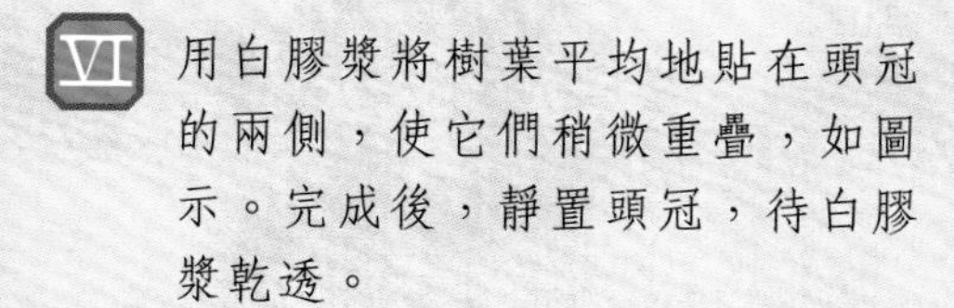

Ⅵ 用白膠漿將樹葉平均地貼在頭冠的兩側，使它們稍微重疊，如圖示。完成後，靜置頭冠，待白膠漿乾透。

Ⅶ 用釘書機把紅色的絲帶（它要比你的頭圍長）釘在桂冠的背面，打上蝴蝶結固定！

這樣你的專屬桂冠就完成了！

前往奴鼠市場

我穿過振臂高呼的羣眾，從馬克西穆斯競技場中跑出來。

突然，不知道誰掐了我尾巴，讓我**嚇了一大跳。**

原來是賴皮。他叫道：「表哥，要抓緊時間！要解救馬庫斯，我們就必須馬上趕到**奴鼠市場**。現在已經是下午三點鐘了！」

奴鼠市場就在古羅馬廣場上。奴鼠們被擺放在一個**平台**上，他們的脖子上掛着**木牌子**，上面寫着他們的出生地、年齡、能力和缺陷。

我們奮力跑去廣場，幸好來得及時。只見拍賣主持剛買完兩隻奴鼠，接下來售賣的就是我們的朋友和他的**家鼠們**。

那拍賣主持大聲叫道：「接下來我們將要出售的是馬庫斯、他的妻子莉西亞以及他的七個孩子！馬庫斯曾經是**農夫**，一顆牙齒也不缺，他的妻子做得一手好飯，他的孩子們也都身體健康。那麼，誰能出更高的**價錢**？」

自由……值多少錢？

馬庫斯臉上充滿悲傷、屈辱的表情，不過當他一看到我，眼神中立即散出希望的光芒！

我打開裝滿金幣的皮革袋，對馬庫斯輕聲說道：「請問你的自由值多少錢？」

他掰開手指算了算，結結巴巴說道：「20塊金幣！」

我把金幣給了他。

然後，我又問道：「你妻子的自由呢？」

「20塊金幣！」

我又拿出一堆金幣，繼續問道：「你的七個孩子呢？」

他算了算：「70塊金幣！我可以贖回賣身，也就是說買下我的自由身了，還有我家鼠們的自由身！我不是在做夢吧……」

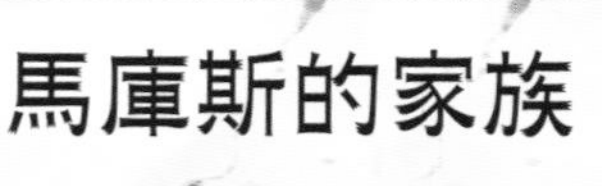

馬庫斯的家族

馬庫斯和他的妻子

馬庫斯的七個孩子

馬庫斯的親戚

我對他微笑道：「這樣就可以了吧？」

馬庫斯有些尷尬地說：「呃，我年老的父親奧理略和母親格利采莉婭也在這裏。他們要買30塊金幣！」

我又拿出一疊金幣。

「呃，呃，還有我妻子年邁的母親安東尼婭！15塊金幣！」

我再次取出一疊金幣。

菲叫道：「馬庫斯，如果你還有其他家鼠需要幫助的話，那就直說吧！我們會幫你的！」

「還有……呃呃呃，我的叔叔巴爾比努斯，我的姑姑狄安娜，我的表弟凱斯！他們一共要60塊金幣！」

賴皮問道：「就這些了嗎？」

馬庫斯羞紅了臉，坦白說：「呃呃呃呃，還有我的一個遠房表哥比烏斯……20塊金幣！」

我數了數自己還剩下多少金幣。

我把剩下的金幣都送給了馬庫斯：「這些金幣你拿去吧，把你的**葡萄園**買回來，這樣你和你的家鼠們就可以過上安穩的日子了。」

他尖叫道：「這樣的話，你連一塊金幣都沒有了！」

我微笑說道：「我再也買不到比你的自由更**珍貴**的東西了。一定要幸福啊！馬庫斯，還有你的家鼠們。千萬別忘記我們。」

馬庫斯激動地抱住我：「我怎麼會忘記你們？你們不僅讓我得到我的自由，還教會了我**友誼**的真諦！」

賴皮叫起來：「時間緊迫，我們現在必須出發了！」

奴隸

古羅馬時代，人們的生活貧富懸殊，社會中最基層的平民大多是僕人或奴隸，負責做勞役的工作。他們成為了貴族、富貴人家的僕人，為主人種田等。社會上，出現了奴隸買賣的市場。奴隸大多是戰俘，或者是欠債的公民，但是奴隸可以用金錢贖回自己的自由。

馬庫斯的妻子問我：「你要去哪裏呀，先生？」

我歎了口氣：「我們要踏上一場漫長又**危險**的回家之旅。我們永遠不會忘記這段友情！」

馬庫斯擁抱了我：「願墨丘利——旅行者的**保護神**，守護你的平安！」

我也擁抱了他：「再見了！」

我們告別了鼠利亞努斯和他的妻子。隨後，我們前往藏着**時光球**的那條幽暗的小巷子。

我們真幸運呢，沒有鼠發現它！

我們登上時光球，逐一入座，並繫上了安全帶。

我剛要在**超能腕錶Z**上設定回到妙鼠城的日期、時間和目的地，突然班哲文叫起來：「叔叔，我們一定要馬上回家嗎？在這次旅行中，我搜集了很多歷史課上用得到的信息，要是我們能再到另一個歷史時期看看，我會學到更多的東西。你知道的，歷史課不是我的強項……」

班哲文説得對，我們為什麼不繼續旅行呢？我在超能腕錶Z上進行了重新設置，時光球開始旋轉起來……

想知道我們下一站去了哪裏嗎？親愛的朋友們，這將會是一個全新的故事啊！

穿越時空旅行 穿越時空旅行
穿越時空旅行 穿越時空旅行
穿越時空旅行 穿越時空旅行
穿越時空旅行 穿越時空旅行
穿越時空旅行 穿越時空旅行

出口

親愛的鼠迷朋友們，
你們喜歡讀穿越時空旅行的
冒險故事嗎？
……接下來的冒險同樣精彩，
我以史提頓家族的名義發誓！
請大家期待我下一本新書吧！
謝利連摩·史提頓

老鼠記者 Geronimo Stilton

全球銷量突破1.61億冊
本港暢銷超過15年

最新出版

⑨② 達文西的秘密

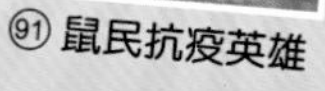

⑨① 鼠民抗疫英雄

⑨⓪ 難忘的生日風波

⑧⑨ 蜜糖陷阱

與老鼠記者一起
歷奇探險走天下！

榮獲 第15屆 十本好讀 小學生最愛作家

與謝利連摩一起展開
視覺及嗅覺並重的冒險之旅！

這是一套獨有多種氣味及用上魔法墨水隱藏秘密的歷險故事書。

翻開本系列書，你會聞到各種香味或臭味……還可能會有魔法墨水把秘密隱藏起來！現在就和謝利連摩一起經歷既驚險又神奇的旅程吧！

① 漫遊夢想國

② 追尋幸福之旅

③ 尋找失蹤的皇后

④ 龍族的騎士

⑤ 仙女歌雅不見了

⑥ 深海水晶騎士

⑦ 追尋夢想國珍寶

⑧ 女巫的時間魔咒

⑨ 水晶宮的魔法寶物

⑩ 勇戰飛天海盜

⑪ 光明守護者傳說

⑫ 巨龍潭傳說

勇士回歸（大長篇 1）

失落的魔戒（大長篇 2）

Geronimo Stilton

星際太空鼠

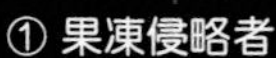
① 果凍侵略者

② 極地星拯救任務

③ 太空足球錦標賽

④ 星際舞會魔法夜

⑤ 恐龍星歷險記

⑥ 水之星探秘

⑦ 史提頓大戰貪吃怪

⑧ 智能叛變危機

⑨ 非常太空任務

⑩ 穿越黑洞之旅